AF199697

Tucholsky   Wagner   Zola   Scott   Sydow   Freud   Schlegel
        Turgenev   Wallace   Fonatne

    Twain   Walther von der Vogelweide   Fouqué   Friedrich II. von Preußen
                Weber   Freiligrath   Frey
Fechner   Weiße Rose   von Fallersleben Kant   Ernst
        Fichte   Richthofen   Frommel
                                            Hölderlin
        Fehrs   Engels   Fielding   Eichendorff   Tacitus   Dumas
                Faber   Flaubert
                                        Eliasberg   Ebner Eschenbach
Feuerbach   Maximilian I. von Habsburg   Fock   Eliot   Zweig
                    Ewald   Vergil
        Goethe   Elisabeth von Österreich   London
Mendelssohn   Balzac   Shakespeare
                    Lichtenberg   Rathenau   Dostojewski   Ganghofer
        Trackl   Stevenson   Doyle   Gjellerup
Mommsen   Tolstoi   Hambruch
        Thoma   Lenz   Hanrieder   Droste-Hülshoff
Dach   Verne   von Arnim   Hägele   Hauff   Humboldt
        Karrillon   Reuter   Rousseau   Hagen   Hauptmann
                Garschin   Gautier
        Damaschke   Defoe   Hebbel   Baudelaire
                    Descartes
Wolfram von Eschenbach   Dickens   Schopenhauer Hegel   Kussmaul Herder
        Bronner   Darwin   Melville   Grimm Jerome   Rilke   George
        Campe   Horváth   Aristoteles   Bebel   Proust
Bismarck   Vigny   Barlach   Voltaire   Federer   Herodot
                Gengenbach   Heine
Storm   Casanova   Lessing   Tersteegen   Gilm   Grillparzer Georgy
        Chamberlain   Langbein   Gryphius
Brentano   Lafontaine
    Strachwitz   Claudius   Schiller   Bellamy   Schilling Kralik Iffland Sokrates
        Katharina II. von Rußland   Gerstäcker   Raabe   Gibbon   Tschechow
Löns   Hesse   Hoffmann   Gogol   Wilde   Gleim   Vulpius
Luther   Heym   Hofmannsthal   Klee   Hölty   Morgenstern
        Roth   Heyse   Klopstock   Kleist   Goedicke
Luxemburg   Puschkin   Homer   Mörike
        Machiavelli   La Roche   Horaz   Musil
Navarra Aurel   Musset   Kierkegaard   Kraft   Kraus
Nestroy Marie de France   Lamprecht   Kind   Kirchhoff   Hugo   Moltke
                    Laotse   Ipsen   Liebknecht
    Nietzsche   Nansen   Ringelnatz
        Marx   Lassalle   Gorki   Klett   Leibniz
von Ossietzky   May   vom Stein   Lawrence   Irving
Petalozzi
    Platon   Pückler   Michelangelo   Knigge
    Sachs   Poe   Liebermann   Kock   Kafka
        de Sade Praetorius   Mistral   Zetkin   Korolenko

Der Verlag tredition aus Hamburg veröffentlicht in der Reihe **TREDITION CLASSICS** Werke aus mehr als zwei Jahrtausenden. Diese waren zu einem Großteil vergriffen oder nur noch antiquarisch erhältlich.

Symbolfigur für **TREDITION CLASSICS** ist Johannes Gutenberg (1400 — 1468), der Erfinder des Buchdrucks mit Metalllettern und der Druckerpresse.

Mit der Buchreihe **TREDITION CLASSICS** verfolgt tredition das Ziel, tausende Klassiker der Weltliteratur verschiedener Sprachen wieder als gedruckte Bücher aufzulegen – und das weltweit!

Die Buchreihe dient zur Bewahrung der Literatur und Förderung der Kultur. Sie trägt so dazu bei, dass viele tausend Werke nicht in Vergessenheit geraten.

Der Fall Vukobrankovics

Ernst Weiß

Impressum

Autor: Ernst Weiß
Umschlagkonzept: toepferschumann, Berlin

Verlag: tradition GmbH, Hamburg
ISBN: 978-3-8424-9438-1
Printed in Germany

Text der Originalausgabe

Ernst Weiß

Der Fall Vukobrankovics

Kriminalfallerzählung

Der erste Prozeß Vukobrankovics

Am 28. Oktober 1918 begann der erste Prozeß gegen die vierundzwanzig jährige Bürgerschullehrerin Milica Vukobrankovics de Vuko et Branko vor den Wiener Geschworenen. Die Angeklagte war beschuldigt, in der Familie des Landesschulinspektors Rudolf Piffl den Speisen Arsenik beigemengt und eine Phosphorpille angefertigt zu haben, um die Ehefrau des Piffl aus der Welt zu schaffen. Als die Nachforschungen, einmal unterbrochen und dann wieder aufgenommen, auf die Angeklagte als Täterin hinwiesen, suchte sie den Verdacht auf den Adoptivsohn des Ehepaares Piffl, Albert Zelenka Piffl, zu lenken. Es wurde deshalb gegen sie die Anklage auf Mordversuch und auf Verleumdung erhoben.

Die Milica Vukobrankovics hatte in der Familie der Piffl freundschaftlich verkehrt und war wie eine Tochter angesehen worden. Beide Eheleute waren bedeutend älter als sie, der Mann war sechsundfünfzig, die Frau einundfünfzig Jahre alt. Nun ereignete es sich, daß Frau Piffl, sowie deren Mutter und Tante nach dem Genuß von Limonade und später nach einer Mehlspeise erkrankten und daß die Ärzte eine Arsenikvergiftung feststellten. Man brach hierauf den Verkehr mit der Angeklagten, die sich durch den Besitz eines Buches über die Psychologie des Giftmordes verdächtig gemacht hatte, ab; sie verstand es aber, sich wieder einzudrängen, und versuchte immer wieder, das Mißtrauen ihrer Freunde zu entkräften. Am 14. Februar fand man nun in einer Schachtel, aus der Frau Piffl ihre Pillen gegen Herzbeschwerden zu nehmen pflegte, eine Phosphorpille. Daraufhin wurde die Anzeige erstattet. Am 11. März schickte die Angeklagte ein Schulmädchen in die Wohnung des Piffl, das dem öffentlichen Dienstmädchen sagte, es wolle Herrn Piffl persönlich sprechen. Es brachte Blumen für ihn. Da er nicht anwesend war, entfernte sich das Kind, das man eine kurze Zeit im Vorzimmer allein gelassen hatte. Zwei Stunden später wurde bei dem Inspektor ein Brief abgegeben, des Inhalts, er möge unter dem Sofa im Vorzimmer nachsehen, es scheine dort ein »geheimes Depot Alberts« (des Stiefsohnes) zu sein. Es fand sich unter dem Sofa ein Tiegel mit rotem Phosphor und ein Fläschchen mit Opiumtropfen.

Es stellte sich bald heraus, daß das Schulmädchen auf Befehl der Vukobrankovics die Gifte dort verborgen hatte.

Die Angeklagte wurde verhaftet. Sie leugnete beharrlich. Zur Durchführung des Indizienbeweises waren über vierzig Zeugen vorgeladen. Ein psychiatrisches Gutachten war eingeholt worden, es bezeichnete die Angeklagte als geistig gesund. Der Verteidiger versucht die Ablehnung der Gutachter durchzusetzen, sie hätten sich in ihrem Bericht auch über die Tat selbst geäußert und seien befangen. Dieser Antrag wird abgelehnt. Wir lassen nun die wichtigsten Momente der Verhandlung folgen, weil sich aus ihnen, besonders aus den Einzelheiten und aus der Art, wie sich die Vukobrankovics benimmt und verteidigt, erst ein Bild der geistigen Voraussetzungen ergibt, unter denen die Tat begangen wurde.

Vorsitzender: »Bekennen Sie sich schuldig?« **Angeklagte**(*sehr laut und energisch*):»Nein, nach keiner Richtung, Herr Präsident.« **Vorsitzender**:»Sie leugnen also, Gift in die Speisen getan zu haben.« **Angeklagte**:»Ich habe das nicht getan.« **Vorsitzender**:»Und was ist es mit der Verleumdung **Angeklagte**:»Ich erkläre, daß es mir niemals darum zu tun war, den Buben zu beschuldigen. In meiner grenzenlosen Aufregung wollte ich nur darauf hinweisen, daß auch ein anderer es getan haben könne, denn ich hatte doch keinen Grund, so etwas auszuführen.«

Sie erzählt nun, daß sie kurz nach Kriegsausbruch aus der Schweiz heimgekehrt sei und sich der Kriegsfürsorge zur Verfügung gestellt habe. Dadurch kam sie mit ihrem ehemaligen Direktor, dem Landesschulinspektor Piffl und dessen Frau in nähere Berührung. Frau Piffl bat sie, sie möge dem Adoptivsohn Nachhilfestunden erteilen. Dies habe sie unentgeltlich übernommen. Aus Erkenntlichkeit hierfür hatte die Familie sie in den Jahren 1915/16 zum Sommeraufenthalt eingeladen. 1915 war sie in Kranichberg, dem Schlosse des Kardinals Piffl, der der Bruder des Landesschulinspektors ist. Am 17. Dezember 1917 habe sie zur Linderung eines starken Hustens in der Apotheke ein Limonadenpulver gekauft. Als sie bei der Familie Piffl zu Besuch war, hatte sie es benützen wollen, man brachte ein Glas Wasser, und Frau Piffl wollte auch davon kosten. Es wurden noch zwei Gläser gebracht, sie bereitete für alle die Limonade und tat auch Zucker hinein. Frau Piffl hätte eines von den Gläsern gewählt. Dem Sohne hätte es so geschmeckt, daß er sich ein Päckchen mit den Limonadekristallen erbat. Bald nachher wurde Frau Piffl von einem Unwohlsein befallen, sie klagte, daß sie erbrechen müsse. Sie hätte vielleicht die Limonade nicht trinken sollen. Sie, die Vukobrankovics, hätte gemeint, die Limonade sei wohl nicht die Ursache des Erbrechens, sonst wäre sie doch auch selbst erkrankt. Vorsichtshalber hätte sie aber Albert gesagt, er möge das Limonadepulver einem Arzte zeigen, bevor er es benütze.

Nun kam die Rede auf die Mehlspeisevergiftungen am 23. März. Die Angeklagte bestreitet, an diesem Tage vormittags bei Piffl gewesen zu sein, da sie bestimmt wisse, damals sei sie unwohl gewesen. Erst nachmittags habe sie von Herrn Piffl gehört, daß alle Familienmitglieder mit Ausnahme von ihm und Albert nach dem Genuß einer Maisspeise erkrankt seien und zu Bette lägen. Der herbeigeholte Hausarzt, Primarius Dr. Swoboda, sprach sofort den Verdacht aus, die Maisspeise habe Rattengift enthalten. (Diesem Arzte stellte die Vukobrankovics später, als er »leider« schon verstorben war, ein sehr lobendes Zeugnis wegen seiner trefflichen Diagnostik aus. Er habe als der einzige Arzt sofort das Richtige getroffen, während sich später, bei den Vergiftungen im Hause Stülpnagel, alle anderen Ärzte sich als »Trottel« bewiesen hätten, und sie selbst die einzige gewesen sei, die das »Rad aufgehalten« hätte.) Er nahm sofort ein Stück der verdächtigen Speise an sich, um es untersuchen zu lassen, und sagte, er müsse die Strafanzeige erstatten. Sie selbst sei aber, führt die Vukobrankovics aus, an allem gänzlich unbeteiligt gewesen.

Staatsanwalt: »Es ist merkwürdig, daß Sie alles hervorheben, was Ihnen bedenklich erscheint.«

Angeklagte: »Nun ja, aus demselben Grunde, weshalb Sie alles hervorheben, was mich belastet.«

Trotzdem sei der Verkehr, wenn auch nicht in der ungezwungenen Weise wie bisher weitergegangen. Sie, die Vukobrankovics, hätte der Familie zeigen wollen, daß sie ihr verzeihe, sie habe auch einen Besuch der Frau Piffl bei sich zuhause empfangen, und eine Einladung nach Kranichberg für sich und ihre Mutter. Bald nachher wurde sie wegen der Giftaffäre zur Polizei vorgeladen. Ihre Mutter sei darüber so böse geworden, daß sie erklärte, mit Piffl nicht mehr verkehren zu wollen.

Der Vorsitzende stellt nun fest, daß der Verdacht gegen die Vukobrankovics erst rege wurde, als Frau Piffl in der Handtasche der Angeklagten die Broschüre »Die Psychologie des Giftmordes« fand.

Angeklagte: »Die Broschüre hat damit nichts zu tun.«

Staatsanwalt: »Sie gaben zu, daß Herr Piffl zumeist später mittagmahlte als die Familie?«

Angeklagte: »Nein, es kam öfter vor, daß, wenn er nicht im Büro weilte, er rechtzeitig zum Essen kam, also auch vergiftet werden konnte.«

Staatsanwalt: »Sie haben stets behauptet, Frau Piffl sei Ihnen freundlich entgegengekommen, trotzdem haben Sie eine Novelle geschrieben: ›Das Armband‹, die auf Frau Piffl gemünzt ist, die Sie in der Figur der Kommerzienrätin als herzloses, scheußliches Wesen hinstellen.«

Angeklagte: »Es haben sich Zwischenfälle ereignet, Unstimmigkeiten.«

Verteidiger: »Sagen Sie es nur heraus, Eifersucht der Frau Piffl.«

Angeklagte: »In der Novelle ist ja kein Name genannt, und ich kann nichts dafür, daß Frau Piffl die Kommerzienrätin auf sich bezogen hat.«

Vorsitzender: »Wir kommen nun zum (3.) Giftmordversuch, dem mit der Phosphorpille am 14. Februar. In einer Schachtel mit Pillen, die nur für Frau Piffl bestimmt waren, wurde eine Phosphorpille gefunden, und es wird Ihnen zur Last gelegt, daß Sie die Pille hineingeschmuggelt haben.«

Angeklagte: »Es ist befremdend, daß man nur mich beschuldigte, da ich doch gar keine *Ursache* dazu hatte. Ich wußte ja auch gar nicht, aus welcher Schachtel Frau Piffl Pillen nimmt, denn es waren auf der Kredenz zwei Schachteln.«

Staatsanwalt: »Wie können Sie sich so genau erinnern, daß Sie damals nie allein gewesen sind?«

Angeklagte: »Ich bin ja drei Tage später zur Rede gestellt worden.«

Psychiater Dr. v. Wieg: »Nach Ihrer hier bekundeten ethischen Auffassung frage ich Sie, was hatten Sie nach diesem Vorfall für einen Grund, sich nochmals einem solchen Verdacht auszusetzen? Es wäre doch psychologisch begründet, wenn Sie sich schuldlos fühlten, um keinen Preis dieses Haus wieder zu betreten.«

Angeklagte: »Ich selbst habe den Verkehr abgebrochen, ich wollte sogar die Familie auf *Ehrenbeleidigung* klagen, stand aber davon ab, um den Skandal zu vermeiden. Dann hat Frau Piffl mir die Hand zum Frieden geboten, indem sie mir einmal Konzertkarten brachte. Ich war eben ein *guter Tepp (dummer Kerl)* . Denn wie könnten Sie sonst meine Handlungsweise deuten?«

Psychiater: »Weil Sie moralisch defekt sind.«

Angeklagte (*gereizt*): »Ich bitte das zu begründen. Hat man einen moralischen Defekt, wenn man einem Menschen die Hand zum Frieden reicht?«

Verteidiger: »Und nicht zu vergessen, daß die Frau des Vorgesetzten, des Landesschulinspektors der Lehrerin, das Versöhnungsangebot machte.«

Angeklagte (*zum Gerichtshof*): »Ich hätte eine große Bitte. Schon von allem Anfang an empfand ich, daß die Herren Psychiater gegen mich voreingenommen sind. Sie haben mich von allem Anfang an wie eine Schwerverbrecherin behandelt. Könnten nicht andere Psychiater herangezogen werden?«

Vorsitzender: »Es liegt kein Anlaß vor, die Herren für befangen zu halten, sie sind Ihnen doch ganz fremd gewesen. Ihre Fragen stützen sich auf die Untersuchungsergebnisse.«

Später wendet sich die Vukobrancovics gegen die Bemerkung eines Gerichtspsychiaters, daß sie nach dem Vorfall mit der Giftpille nicht besonders aufgeregt gewesen sei.

Angeklagte (*sehr scharf*): »Ich war genug aufgeregt, denn es ist keine Kleinigkeit, wenn man gegen jemand eine solche Beschuldigung erhebt.«

Sie schildert nun ausführlich ihre vielfachen Bemühungen, sich vor der Familie Piffl von dem auf sie gefallenen Verdachte zu reinigen. Endlich gelang es ihr, von Herrn Piffl empfangen zu werden. Er begrüßte sie anscheinend sehr verlegen und sagte dann, es sei etwas sehr Peinliches geschehen, der Verdacht, die Giftpille in die Schachtel getan zu haben, richte sich gegen sie. »Als ich«, sagte die Angeklagte, »dies mit Entschiedenheit zurückwies, verschanzte sich Herr Piffl hinter seine Frau. So lassen Sie mich doch mit ihr sprechen, meinte ich, und wirklich erschien dann Frau Piffl. Es kam zu einer Auseinandersetzung, und *ich war fest entschlossen, die Sache anzuzeigen*, dann überlegte ich es mir, denn Frau Piffl hatte mir am Schlusse der Szene gesagt: ›Sagen Sie aber ja nicht, daß ich Sie beschuldigt habe.‹ Da dachte ich mir, was nützt denn die Anzeige, die Frau wird doch alles in Abrede stellen. Außerdem dachte ich an die Aufregungen, denen meine Mutter neuerlich ausgesetzt sein würde, und ich beschloß, der Sache freien Lauf zu lassen, da sie sich in ein paar Tagen aufklären müsse.«

Vorsitzender: »Sie sollen auch Herrn Piffl gesagt haben, er möge im Kasten nachsehen, vielleicht finde er dort etwas. Sagen Sie nur, was Sie dachten. Sie begehen *hier* damit keine Verleumdung, denn hier sind Sie, um sich zu rechtfertigen.«

Angeklagte: »Ich dachte mir, man sagt mir so kaltblütig ins Gesicht, daß ich die Giftmischerin bin, und es könnte doch auch der Bub gewesen sein. Ich wollte ihm damit kein Unrecht tun.«

Vorsitzender: »Sie haben schon vorher bei Herrn Piffl auf den Albert als den möglichen Täter hingewiesen.«

Angeklagte: »Ich wollte nur, daß einmal ordentlich nachgesehen wird.«

Vorsitzender: »Wie haben Sie sich das Fläschchen mit der Aufschrift ›Gift‹ verschafft, das Sie dann an Piffl gesandt haben?«

Angeklagte: »Ich war in höchster Aufregung, habe in der Schule die Lehrmittelsammlung aufgesucht und in einem Kasten das Fläschchen gefunden.«

Vorsitzender: »Und Sie haben dann das Schulmädchen mit diesem Fläschchen und mit einem zweiten aus Ihrer Wohnung zu Piffl gesandt.«

Die Angeklagte erzählt nun den Vorfall und sagt, sie habe sich damals in einem Traumzustand befunden (dieser Traumzustand kehrt in stereotyper, erstarrter Form bei der Verantwortung der Vukobrankovics im zweiten Prozeß wieder), so daß sie kaum wußte, was sie getan habe. Am Tage vorher habe sie eine Wahrsagerin getroffen, die ihr prophezeit habe, daß Leute, die sie für Freunde halte, gegen sie falsch sein würden.

Dann sprach die Wahrsagerin von einem Kasten mit einem Dantekopf, und *weil* in der Wohnung Piffls ein solcher Kasten stand, kam ihr die Idee, daß in dem Kasten etwas sein könne, das Aufklärung bringen würde. Sie habe daraufhin dem Herrn Piffl gesagt, er möge in dem Kasten nachsehen. Nie habe sie daran gedacht, den Verdacht auf Albert zu lenken, sie wollte nur, daß man einmal gründlich in der Wohnung nachschaue, damit die Wahrheit an den Tag komme.

Vorsitzender: »Sie haben einen Blumenstock gekauft und dem Schulkinde eingeschärft, es solle sagen, eine ehemalige Schülerin bringe dem Herrn Landesschulinspektor diesen Stock. Den ersten unbewachten Augenblick soll das Kind dazu benützen, das Giftfläschchen unter dem Diwan zu verstecken. Als das Kind Sie gefragt hat, was es antworten soll, wenn es um seinen Namen gefragt wird, haben Sie gesagt: Sag, was du willst.«

Angeklagte: »Das zeigt doch, wie verwirrt ich war. Da zeigt sich«, fährt die Angeklagte fort, »daß meine Absicht nicht so verwerflich gewesen ist, denn sonst hätte ich dem Kinde aufgetragen, einen falschen Namen zu nennen.« (Gerade das ist falsch. Denn wenn sie dem Kinde aufgetragen hätte, einen falschen Namen zu nennen, hätte sie sich dem Kinde gegenüber bloßgestellt und es hätte bei einer späteren Einvernahme gegen sie zum Beweis werden können.)

Staatsanwalt: »Sie haben sich eben ein Kind ausgesucht, das als diebisch und verdorben bekannt ist und vorausgesetzt, das Kind werde sich nicht beim richtigen Namen nennen. Was haben Sie gemacht, als das Kind bei Piffl war?«

Angeklagte: »Ich habe in einem Kaffeehaus gewartet.«

Staatsanwalt: »Und waren nach Angaben von Zeugen dort sehr heiter, haben dem Kind nach der Rückkehr Schokolade gezahlt.«

Vorsitzender: »Und eine Stunde später haben Sie auf der Rückseite einer Extraausgabe dem Herrn Piffl geschrieben, er solle unter dem Diwan nachsehen, es dürfte sich dort ein Giftdepot des Albert befinden.« (Ein Beweis für das Hineindrängen der Angeklagten in die Folgen ihrer Tat. Hätte sie ruhig gewartet, bis beim Aufräumen das Giftdepot gefunden wurde, dann hätte sich der Verdacht vielleicht doch auf Albert gelegt, jedenfalls auf eine dritte Hand, da doch die Vukobrankovics damals nicht mehr im Haus verkehrte. Aber sie konnte es nicht erwarten. Zeichen einer besonderen Schlauheit gab sie damit nicht. Schlauheit ist aber auch für die Giftmörderinnen gar nicht charakteristisch, viel eher ihr auffallendes »Glück«.)

Die Angeklagte verantwortet sich wieder in ihrer Weise, sie habe das in ihrer grenzenlosen Verzweiflung getan, um den ungerechten Verdacht von sich abzuwälzen. Der Präsident stellt fest, daß die Angeklagte in einem Turnsaal, wo Gift in versperrtem Kasten untergebracht war, einen Monat hindurch Unterricht erteilt hat.

Angeklagte: »Da müßte festgestellt werden, daß in dieser Zeit der Kasten erbrochen worden ist.« (Die Gegenfrage des Vorsitzenden: Woher sonst haben Sie sich das Fläschchen mit Opium und den Tiegel mit Phosphor verschafft, unterblieb; denn einfach »finden«, wie sie vorhin aussagte, konnte sie so gefährliche Stoffe nicht.) Dr. Swoboda, der Hausarzt der Familie, konstatiert, daß infolge schlechtschmeckender Speisen Erkrankungen in der Familie Piffl vorgekommen sind. Er habe der Frau Pillen verschrieben, die in seiner Gegenwart in der Apotheke in das Schächtelchen gefüllt wurden. Er halte es für ausgeschlossen, daß etwa aus Fahrlässigkeit die Phosphorpille in die Schachtel gelangt sein könne. Früher schon habe er Herrn und Frau Piffl Arsenikpillen verschrieben, die kleiner waren als die zuletzt verordneten, fabrikmäßig erzeugten Pillen.

Die Angeklagte versucht sofort, diese Verschiedenheit für sich auszunützen: diese zweiten Pillen hätte sie gar nicht zu Gesicht bekommen. »Die angeblich von mir erzeugte Giftpille hätte daher nach dem Muster der mir bekannten Pillen kleiner ausfallen müssen.« (Daß sie aber die anderen wirklich nicht gekannt hat, kann sie nicht beweisen, und so scheinen ihre Argumente immer schlagkräftig, sind aber durchaus nicht beweisend.) Im Laufe des zweiten Verhandlungstages konstatiert der Präsident, daß die Leihbibliothek Last das Buch »Die Psychologie des Giftmordes« nie geführt hat. Und aus der Leihbibliothek Last hat die Vukobrankovics ihre Bücher bezogen. Milica Vukobrankovics hätte nur Bücher ernsten Inhalts gelesen: »Also sprach Zarathustra« von Nietzsche, »Rom« von Zola. Nun wird ausdrücklich von einer Broschüre gesprochen, die in dem Täschchen der Vukobrankovics gefunden wird. Die Leihbibliothek Last führt aber nur gebundene Bücher. Es ist also auch dieser Umstand keineswegs entlastend für die Vukobrankovics.

Die Schulbehörde bezeichnet die Vukobrankovics als sehr intelligent, sehr wissensdurstig. Die Berufskolleginnen seien ihr niemals so nahegekommen, um ein klares Bild von ihrem Innenleben gewinnen zu können. Auch sonst wird keine Freundin oder sonst ein Mensch namhaft gemacht, der der Vukobrankovics menschlich wirklich nahe gestanden sei, ihre Mutter vielleicht ausgenommen.

Sie hat kaum mit anderen Menschen als den Piffl verkehrt. Diese wurden das Objekt ihrer Giftpläne; das Zentrum ihres Giftkomplexes, obgleich, darin kann man ihr glauben, der Hausherr als Mann sie nicht sehr gereizt hat. Ähnlich wie hier ist es dann auch mit dem Tatbestand des zweiten Prozesses. Sie hat nicht etwa einen weiten Freundeskreis, aus dem sie die Menschen auswählt, die sich für ihre Pläne aus irgendeinem Grunde geeignet zeigen oder ihr Vorteile versprechen, sondern sie zieht eben die Menschen zur Vergiftung heran, die sie gerade neben sich hat.

Nun wird Marie Pichlmayer vernommen, die Köchin bei Piffls war. Sie berichtete über die Erkrankungen, die sich bei der Familie Piffl nach dem Genusse von Powideltascherln und der Maisspeise eingestellt haben. Die Vukobrankovics habe die Küche nur passiert, sich in derselben aber während der Zeit, in der die Zeugin im Hause Piffl diente, niemals längere Zeit aufgehalten. Sie entlastet also, soweit es auf sie ankommt, die Angeklagte, jedenfalls ein Zeichen einer guten Gesinnung, und dies um so mehr, als aus der Verhandlung hervorgeht, daß man die Köchin stark im Verdacht hatte, die Vergiftungen verschuldet zu haben. Nach einer umfangreichen

Untersuchung hatte man den Verdacht aufgegeben, da er ein völlig negatives Resultat ergeben hatte.

Nun schildert Frau Antonie Piffl, wie der Verkehr mit der Vukobrankovics entstand, wie die Beziehungen der Familie zu ihr immer freundschaftlicher wurden, und sagt: »Wir haben sie immer sehr liebgehabt, sie war wie das Kind im Hause.«

Vorsitzender: »Hat die Angeklagte ein besonderes Interesse an Ihrem Mann gezeigt?«

Zeugin: »Anfangs *nicht*.«

Den ersten Verdacht gegen die Vukobrankovics hätte sie gefaßt, als ihr in Erinnerung kam, daß sie bei ihr das Buch »Psychologie des Giftmordes« gesehen habe. Sie dachte nun daran, wie sich die Vukobrankovics in die Familie eingedrängt habe, teilte nun eines Morgens ihrem Manne ihre Bedenken mit.

Man beschloß, die Vukobrankovics auf die Probe zu stellen. Nachdem sich die Frau Piffl überzeugt hatte, daß sich das Buch noch in der Tasche der Angeklagten befand, fragte man sie plötzlich in Gegenwart des Herrn Piffl: »Kennen Sie das Buch ›Psychologie des Giftmordes‹?« Sie erwiderte ganz unschuldig: »Nein. Was ist denn das?« Ich und mein Mann wechselten einen Blick und waren ganz entsetzt.

Der Präsident fragte nun die Zeugin, ob sie glaube, daß die Vukobrankovics Gelegenheit hatte, sich in der Speisekammer der Familie Piffl zu beschäftigen. Die Zeugin erwidert, Milica Vukobrankovics habe offenbar den Speisekammerschlüssel, der eines Tages spurlos verschwunden sei, heimlich an sich genommen.

Die Angeklagte springt erregt auf und ruft, zum Staatsanwalt gewendet: »Bitte, Herr Staatsanwalt, mich auch wegen Diebstahls und Einbruchs anzuklagen!« Die Angeklagte weiß natürlich genau, daß der Staatsanwalt dies nicht tun kann. Selbst wenn man ihr beweisen könnte, was an sich sehr plausibel ist und durch die Ergebnisse des zweiten Prozesses fast zur apodiktischen Sicherheit wird, daß sie den Eingang in die Speisekammer auf irgendeine Weise »gefunden« hat, so wäre das doch nie als Einbruch und ebensowenig als Diebstahl anzusehen, als man einen Raskolnikoff, der mit einem Beil, das ihm nicht gehört, gemordet hat, des Diebstahls wegen belangen wird. Der Präsident geht darauf gar nicht ein, bittet sie bloß, sich zu beruhigen. Sie versucht eine zweite Attacke: »Es ist mir zu Ohren gekommen, daß man mich für eine Serbin hält. Ich fühlte mich stets als Wienerin. Mein Großvater war Hauptmann bei der Wiener Bürgergarde, und die Wiener von damals würden sich keinen Serben als Hauptmann genommen haben.«

Der erste Prozeß spielte sich noch unter der Regierung Habsburg ab, wenn auch schon in den letzten Tagen des Kaiserreichs. In dem zweiten Prozeß, der in der Republik Deutschösterreich stattfand, rechnete die Vukobrankovics nicht mehr mit der Abneigung der Altösterreicher gegen die Serben. Sie rühmt sich dann die Erbin eines serbischen Woiwodengeschlechtes, dem einmal halb Serbien gehört habe und dessen tragisches Schicksal in einem serbischen Heldenepos verherrlicht sei. Sie wendet sich also nach der Seite, die ihr vorteilhafter erscheint.

Im weiteren Verlaufe des Verhörs mit Frau Piffl stellt diese fest, daß nur *ein* Glas Limonade, und nicht deren drei auf dem Tische standen. Früher hat die Frau Piffl, für deren außerordentlich humane Gesinnung auch die Adoption des Albert spricht, günstiger für die Vukobrankovics in diesem Punkte ausgesagt.

Staatsanwalt : »Die Frau Zeugin hat damals ja dann selbst angegeben, sie habe damals bei einem früheren Verhör alles vorgebracht, was der Angeklagten günstig sein könnte. Nachher hat sie an den Untersuchungsrichter eine Zuschrift gerichtet, sie fühle sich verpflichtet, ihren früheren Aussagen etwas hinzuzufügen. ›Ich war auch damals von der Schuld der Vukobrankovics vollständig überzeugt, doch als Fräulein Vukobrankovics und ihre Mutter bei mir erschienen und sagten, sie müßten sich das Leben nehmen, dachte ich, christlich zu handeln, wenn ich meine Absicht über den Fall abschwäche. Jetzt bin ich aber von ihrer Schuld vollkommen wieder überzeugt.‹« (Eine ganz ähnliche Szene hat sich ein paar Jahre später zwischen der Vukobrankovics und dem Verlagsbuchhändler Stülpnagel abgespielt. Auch hier hat sie um Mitleid angefleht und gesagt, er müsse sie retten, denn sie wisse, auf ihrer Tat, der Vergiftung der Familie Stülpnagel, stünde lebenslänglicher Kerker. Freilich hat sie versucht, bei der Verhandlung auch dies abzuleugnen, doch trotz ihres herausfordernden Benehmens blieb Stülpnagel bei

seiner Aussage.) Diesmal, im ersten Prozeß, gelingt der Vukobrankovics der Bluff: Ohne mit einer Wimper zu zucken, so erzählt der
Berichterstatter, blickte sie der Frau Piffl ins Gesicht und rief aus:
»Schauen Sie mir in das Auge, wie ich Ihnen ins Auge sehen kann,
denn mein Gewissen ist rein.« Kein Wunder, wenn sich die herz-
kranke alte Dame einschüchtern ließ.

Sehr charakteristisch ist der Brief, den die Vukobrankovics nach
Absendung des Giftpaketes durch die Schülerin an das Ehepaar
sandte. Sie spielt mit dem Gedanken des Giftes mit einer Selbstver-
ständlichkeit, die staunen macht. Sie schlägt der Frau Piffl vor, sich
mit ihr auf neutralem Boden zu treffen. »Unter den vielen Leuten«,
schreibt sie, »werde die Frau Piffl hoffentlich keine Angst haben,
daß ich sie umbringe. Von einer Anzeige stehe ich ab, weil ich Ihnen
keine Bosheit zufügen will und ich gesehen habe, daß die Herren
von der Polizei und vom Gerichte das Pulver nicht erfunden haben.« Natürlich fühlt sich die Vukobrankovics völlig sicher. Ein
Zeichen der besonderen Tücke ist es, daß sich diese Szene mit dem
Blumenstock und dem Giftdepot unter dem Sofa gerade an dem
Geburtstag der Frau Piffl abspielen muß. Zu den schon bekannten
Tatsachen über die Methode der Vukobrankovics kommt noch hinzu, daß die Vukobrankovics das Kind nach vollzogenem Auftrage
mit den Worten empfing: »Das hast du gut gemacht.« Außer der
Schokolade gab sie ihr auch 4 Kronen.

Die Zeugin Piffl sagte nun aus, es schmerze sie tief, daß auch nur
der leiseste Verdacht auf ihren Adoptivsohn falle. Sie wolle auch
gewissen Verleumdungen entgegentreten, indem sie bekanntgebe,
was sie bewogen habe, dieses Kind zu adoptieren: Vor zwölf Jahren
sei sie mit ihrem Gatten bei einer Weihnachtsfeier in einer klösterli-
chen Anstalt gewesen, dort wäre ein dreijähriges Kind als Jesuskind
in der Krippe gelegen. Das arme Waisenkind hat mich so erbarmt,
sagt die Frau Piffl, daß ich mich schon damals entschlossen habe, es
anzunehmen. Vorerst verblieb es im Waisenhause. Das Kind war
mir schon damals sehr anhänglich. Als der Knabe sechs Jahre alt
war, nahm ich ihn in mein Haus. Er war stark unterernährt, ganz
herabgekommen, trotz seiner sechs Jahre konnte er kaum ein paar
Worte sprechen, denn das Waisenhaus war tschechisch, der Knabe
deutsch. Mit Sorgfalt und Liebe habe ich ihn herangezogen, heute
ist er ein vollentwickelter kräftiger Junge, sehr brav, Vorzugsschüler

in der sechsten Gymnasialklasse. Er ist *langsam* im Sprechen und Denken, aber im Herzen ein Gold, das Kind hat mich unendlich lieb, daß dieses Kind mich hätte ermorden wollen – nein, das ist ganz undenkbar.

Staatsanwalt:»Zur Zeit der Giftpille waren nur drei Personen in der Wohnung. Kommen Ihr Gemahl und Albert nach Ihrer Meinung in Betracht?«

Zeugin:»Absolut nicht. Das kann ich beschwören.«

Verteidiger:»Aus welchem Grunde soll es die Vukobrankovics gewesen sein? Glauben Sie, daß irgendwelche unerlaubten Beziehungen zwischen Ihrem Mann und der Angeklagten bestanden?«

Zeugin:»Ganz gewiß nicht. Mein Gatte ist ein tadelloser Charakter.«

Verteidiger:»Glauben Sie, daß die Vukobrankovics ein Interesse an Ihrem Gemahl hatte?«

Zeugin:»Das schon. Ihr Verhalten war darnach.«

Verteidiger (*zur Vukobrankovics*):»Sie sollen darnach getrachtet haben, Frau Landesschulinspektor zu werden.«

Angeklagte (*energisch*):»Wenn die Sache nicht so traurig wäre, müßte ich lächeln. Aus welchem Grunde denn?«

Staatsanwalt:»Weil Sie ehrgeizig sind.«

Angeklagte:»Es wäre doch kein anderes gesellschaftliches Milieu, in das ich kommen konnte. Mein Vater war Bezirkshauptmann, und Herr Piffl ist Landesschulinspektor. Das ist doch ziemlich die gleiche soziale Stellung. Wäre ich so schlecht, wie man mich hinstellt, dann hätte ich eine Fürstin umgebracht, um eben Fürstin zu werden.«(!)

Staatsanwalt:»Auch der Bruder des Herrn Piffl, der Kardinal, hat fürstlichen Rang.«

Angeklagte:»Frau Kardinal hätte ich doch nie werden können.« (*Lebhafte Heiterkeit* .)

Nun wird der sechsundfünfzigjährige gebrechliche Herr Piffl vernommen, der mit leiser Stimme aussagt. Er hält die Vukobrankovics in ihrem Berufe für sehr verwendbar und hochbegabt, er habe manchmal das Bedürfnis gehabt, sich mit ihr über pädagogische Themen auszusprechen.

Vorsitzender: »Haben Sie bemerkt, daß die Angeklagte ein besonderes sexuelles Interesse für Sie bekundete?«

Zeuge: »Mir ist das nicht aufgefallen.«

Staatsanwalt: »Beim Untersuchungsrichter sagten Sie aus, daß Sie den Eindruck hatten, Milica Vukobrankovics sei Ihnen in gewissem Sinn nachgelaufen, sie habe die Tat begangen, um Ihre Frau zu werden.«

Zeuge: »Ja, das sagte ich, und es ist auch möglich, daß es so war.«

Die weiteren Verhöre bringen wenig Interessantes. Nur ein kleiner Zug, die philanthropische Heuchelei der Vukobrankovics, wird an einer Stelle gestreift. Diese philanthropische und scheinbar humane Neigung ist bei sehr vielen Giftmischern zu finden. Ich komme darauf noch später zurück. Es handelt sich hier darum, ob die Vukobrankovics gewußt hat, daß die Schülerin, die von ihr zu der Familie Piffl gesandt wurde, verlogen und diebisch war. Eine Zeugin sagt aus, die Vukobrankovics sei einmal dabei gewesen, wie die Schülerin wegen eines Diebstahls eine Stunde lang verhört wurde. Darauf sagt die Vukobrankovics: »Ich habe das nicht in Abrede gestellt. Mein *Zweck* war, dem Mädchen, von dem ich wußte, daß es sehr arm war, einen *kleinen Verdienst* zukommen zu lassen.«

Interessant ist auch folgender Augenblick des Verhörs. Es soll die Novelle der Vukobrankovics »Das Armband« verlesen werden. Nun erhebt sich die Angeklagte und wendet sich direkt an die Geschworenen, was prozeßtechnisch natürlich nicht zulässig ist. »Meine Herren Geschworenen! Gestatten Sie, daß ich der Verlesung einige erläuternde Worte vorausschicke. Ich habe in der Novelle lediglich die Erinnerungen verwertet, die ich in der ersten gegen mich geführten gerichtlichen Untersuchung gesammelt habe. Ich veränderte die Namen und die Tatsachen so, daß nur ganz Eingeweihte den Zusammenhang verstehen konnten. Übrigens wird die Familie Piffl nicht im geringsten in der Novelle beleidigt.«

Nun wird die Novelle verlesen, sie soll stilistisch sehr hübsch gehalten sein, sie schildert die Geschichte einer Waise aus sehr gutem

Hause, die in den Verdacht gerät, an dem Verschwinden eines kostbaren Armbandes beteiligt gewesen zu sein.

Hier drängt sich die Angeklagte in ihre Tat. Das ist verstandesmäßig gar nicht zu erklären, hängt aber mit dem Wesen des Giftkomplexes zusammen. Die Angeklagte mußte wissen, daß die Novelle gerade den Beteiligten in die Hände kommen würde.

Staatsanwalt: »Sie haben die Novelle im September verfaßt, also zu einer Zeit, wo schon wieder freundschaftliche Beziehungen zu der Familie Piffl bestanden. Halten Sie das für angemessen?«

Angeklagte: »Ich war im September, wie ich beweisen kann, in Waidhofen, es war also schon räumlich unmöglich, daß ich im Hause Piffl verkehrte.« (Sachlich ist auch dies unrichtig, denn die Familie Piffl befand sich ganz in der Nähe.)

Staatsanwalt: »Aber Sie hätten die Novelle doch zurückziehen können.«

Angeklagte: »In meiner damaligen Aufregung habe ich daran gar nicht gedacht.«

Es wird nun festgestellt, daß in den Schulen zur Zeit, als die Giftmordversuche sich in der Familie Piffl ereigneten, Giftstoffe abhanden gekommen sind.

Der Gerichtschemiker gibt ferner an, daß die Giftpille, die in die Arzneischachtel der Frau Piffl hineingeschmuggelt war, aus gelbem, giftigem Phosphor hergestellt war. Sie ist nicht von einem Fachmann, sondern von einem Laien angefertigt, der sich einige Kenntnisse in der Chemie erworben hat. Es wird ferner festgestellt, daß aus der Flasche, die sich im Turnsaale der Schule in der Renngasse befand, einige Stücke von dem Phosphor abgetrennt waren. In dieser Schule hatte die Vukobrankovics zuletzt Unterricht erteilt.

Vorsitzender: »Die Lehrer sagen, daß dieser Flasche seit mindestens zwei bis drei Jahren kein Phosphor entnommen worden war.«

Sachverständiger: »So lange scheint es nicht gewesen zu sein, die Schnittflächen sind jüngeren Datums.«

Der Indizienbeweis ist also hier dem Gerichte fast mit voller Sicherheit geglückt, denn wer soll noch in der letzten Zeit Stücke vom Phosphor abgeschnitten haben?

Nun äußert sich der Professor Haberda über die Arsenikvergiftung der Familie Piffl. Die Dosis, welche nach Konstatierung der Ärzte den einzelnen Speisen beigemengt war, hätte hingereicht, einen tödlichen Ausgang herbeizuführen. Nun hätten die betreffenden Personen einen widerlichen Geschmack verspürt und nur geringe Mengen davon gegessen. Woher dieser Geschmack rühre, könne er nicht sagen, denn Arsenik habe fast gar keinen Geschmack. Daher komme es, daß jemand eine Speise, der Arsenik auch in tödlicher Dosis beigemengt ist, arglos verzehren kann. Er faßt zusammen: bezüglich der Limonade lasse sich eine Vergiftung nicht behaupten, die Erkrankung der Frau Piffl könne auch aus natürlichen Ursachen erfolgt sein. Aber in den beiden anderen Fällen, Powidltascherln und Maiskuchen, »lag sicher eine Arsenikvergiftung vor«.

Der nächste Zeuge, der Chefredakteur der »Österreichischen Illustrierten Zeitung«, in dessen Blatt die Angeklagte Gedichte veröffentlicht hat, wird nun vernommen. Dieser Mann zeigt nun Zeichen einer außerordentlichen »Bezauberung«. So wie jetzt noch die Angeklagte auf ihn wirkt, hat sie früher auf das Ehepaar Piffl gewirkt. Auf diese eigenartige Kraft der Giftmischerinnen, Menschen bedingungslos an sich zu locken, zu bezaubern, komme ich später noch zurück. Der Zeuge versucht zuerst, die Verhandlung zu sabotieren; er erkenne das Recht des Schwurgerichtes, Verhandlungen zu führen, nicht mehr an, denn die Regierung von Österreich sei an den Deutschen Nationalrat übergegangen. Der Vorsitzende erwidert, daß die bestehenden Gesetze noch in Kraft seien. Der Zeuge gibt nun an, daß er die Angeklagte für unschuldig halte. Der Untersuchungsrichter hätte alles, was er, der Zeuge, zugunsten der Angeklagten erzählt habe, unterdrückt.

Präsident: »Sie können sich *hier* frei aussprechen.«

Staatsanwalt: »Ich beantrage schon jetzt die Vorladung des Untersuchungsrichters.«

Der Zeuge erzählt hierauf, daß die Angeklagte gute Gedichte veröffentlicht hat und daß sie eine angenehme Mitarbeiterin war. Sie habe bloß in ganz belanglosen Dingen die Unwahrheit gesagt, sonst habe sie nie gelogen. Von den Vorfällen im Hause Piffl habe er keine Kenntnis.

Nach dem Protokoll des Untersuchungsrichters hatte der Zeuge auch angegeben, daß die Vukobrankovics ihm homosexuell schien, und daß sie eine besondere Vorliebe für geistig tätige Personen und alte Herren hatte.

Eine Kollegin der Angeklagten erzählt, als Kameradin wäre die Angeklagte sehr liebenswürdig, stets hilfsbereit, im Wesen und Betragen stets gleichmäßig gewesen. Von der Familie Piffl hätte sie nur mit Achtung und Wärme gesprochen, krankhaften Ehrgeiz hätte sie nicht an ihr beobachtet.

Nun wird die vierzehnjährige Bürgerschülerin verhört, die auf Geheiß der Angeklagten seinerzeit das Gift in die Wohnung Piffls gebracht hatte. Die kleine Zeugin bestätigt, daß die Vukobrankovics ihr alles genau auseinandergesetzt habe, und daß sie nach dieser Anleitung vorgegangen sei. Sie habe ihr auch befohlen, im Notfalle falsche Angaben zu machen und selbst der eigenen Mutter gegenüber tiefstes Stillschweigen zu bewahren. Trotzdem habe sie daheim der Mutter alles erzählt.

Staatsanwalt (*zur Angeklagten*): »Was sagen Sie dazu?«

Angeklagte: »Daß ich es heute tief bereue und daß dies mein einziger Fehltritt in der ganzen Geschichte war. In meiner Verzweiflung suchte ich nach einem Ausweg.«

Staatsanwalt: »Handelt man so, wenn man sich in einer großen Aufregung befindet, daß man einem Kind einen förmlichen Feldzugsplan bekannt gibt?«

Angeklagte (*erregt*): »Ja, so handelt man, wenn man sinnlos vor Verzweiflung ist.« (Dabei stand kein vitales Interesse der Angeklagten auf dem Spiel, da die erste Untersuchung niedergeschlagen war. Daß die Angeklagte während dieser Komödie heiter im Caféhause saß, wird von ihr offenbar gar nicht als Widerspruch zu dieser »sinnlosen Verzweiflung« empfunden. Da sie selbst nicht logisch denkt und, typisch für eine Giftmischerin, planlos vorgeht, setzt sie auch bei anderen voraus, daß sie nicht logisch denken.)

Der Präsident konstatiert, daß der Vater der Angeklagten an Blödsinn gestorben ist.

Außerordentlich interessant und charakteristisch für das Hereindrängen der Giftmischerin in ihre Tat ist ein langer Brief, den die Angeklagte bald nach der Giftpillenaffäre an den Kardinal Fürst-Erzbischof Dr. Piffl geschrieben hat. Dieser war an der Sache selbst ganz unbeteiligt. Die Milica Vukobrankovics beleuchtete die Vorgänge im Hause Piffl, verteidigt sich gegen den schweren Schuldverdacht und schreibt schließlich: »Eminenz, ich schwöre bei allem, was mir heilig ist, ich bin unschuldig. Ich bitte Sie, sich nicht eher ein Urteil über mich zu bilden, bevor Sie mich nicht gehört haben. Nicht um Gnade und Gefälligkeit bitte ich Sie, sondern um ein *gerechtes Urteil* , denn ich will rein dastehen. Wenn es einen gerechten Gott im Himmel gibt, muß *meine Unschuld* zutage kommen.« Die Angeklagte verwahrt sich gegen die Anschauung, daß sie erblich belastet sei, und bittet schließlich den Kardinal, mit dem Herrn Inspektor und seiner hochgradig hysterischen Frau ein ernstes Wort zu reden.

Staatsanwalt: »Warum haben Sie diesen Brief geschrieben?«

Angeklagte: »In meiner großen Aufregung damals. Er ist förmlich eine Photographie meiner Seele.«

Als die Angeklagte weitere Fragen des Vorsitzenden in polemischem Sinne beantwortet, bemerkt der Staatsanwalt kopfschüttelnd: »Sie sind eine Meisterin in der Verdrehung!«

Sofort gibt die Vukobrankovics zurück: »Und Sie, Herr Staatsanwalt, sind ein Künstler im Nichtverstehenwollen!«

Nun erfolgt die Verlesung des psychiatrischen Gutachtens. Es ist einige Jahre später ein Fakultätsgutachten über die Vukobrankovics erstattet worden. Jedes dieser Gutachten beleuchtet die Vukobrankovics von einer anderen Seite. Im Detail ist das erste recht interessant, und sicher weniger befangen als das zweite. Aber das zweite gibt die ganze seelische Lage der Angeklagten wieder, nur ist es in den Folgerungen zaghafter, es macht fast den Eindruck, als ob die Vukobrankovics in der Zwischenzeit noch faszinierender, zwingender und geistig gewaltsamer geworden wäre, und daher kommt die Schüchternheit des zweiten Gutachtens in wesentlichen Punkten.

Professor Dr. Hövel erstattet sodann folgendes psychiatrische Gutachten.

Die Angeklagte machte den Eindruck einer Persönlichkeit von geradezu glänzender Intelligenz. Ihr Gedächtnis ist ausgezeichnet, ihr sprachlicher Ausdruck außerordentlich gewandt, ihre Kombinationsgabe ungeheuer entwickelt, sie erfaßt schnell die Situation und findet sich in jeder Lage zurecht. Symptome von Geistesschwäche oder geistiger Erkrankung konnten nicht nachgewiesen werden. Wohl aber sind an der Angeklagten während der Untersuchung durch die Zeugenaussagen einzelne bemerkenswerte Eigenschaften wahrgenommen worden, die auf eine degenerative Veranlagung hinweisen. Sie bietet eine Gesichtsasymmetrie dar, ihr Augenweiß ist bläulich gefärbt, sie zeigt eine deutliche Wirbelsäulenverkrümmung nach rückwärts. Das sind Symptome einer leichten Körperverkrüppelung, der erfahrungsgemäß Verkrüppelung des Seelenlebens gegenübersteht. Sie ist nicht aus ganz gesundem Stamme hervorgegangen, gewisse Charaktereigentümlichkeiten, die auch während der Verhandlung zutage getreten sind, sind zweifellos angeboren.

Der Sachverständige führt als Degenerationsmerkmale an: Rücksichtslose Streberei, berechnendes, herrisches, hochfahrendes Wesen, Härte und Willenskraft, große Neigung zur Ironie gegen andere, während sie selbst ungemein empfindlich ist. Sie hat sich selbst ihrer scharfen Zunge gerühmt, und, daß sie am liebsten mit bissigen Menschen zu tun hat. Hinter ihrer äußerlichen Ruhe verbirgt sich ihr krasser Egoismus, Strebertum, Rücksichtslosigkeit und Bissigkeit.

Die Angeklagte sei aber auch ethisch defekt, das gehe daraus hervor, wie sie dem geliebten Ziehsohn des Ehepaares Piffl gegenüber gehandelt hat. Er war ihr geliebter Schüler und, wie sie wußte, ein braver Junge, und sie verdächtigte ihn trotzdem. Es ist ihr bewußt, daß, wenn ihre Verleumdung Glauben findet, sie damit dem Ehepaar Piffl, dem sie großen Dank schuldet, den tiefsten Schmerz zufügt. Das, wie ihr Benehmen dem von ihr verleiteten Schulmädchen gegenüber weist mit Bestimmtheit auf einen ethischen Defekt hin. Und damit fällt ihr die Maske vom Gesicht. Sie ist sicher nicht nur eine Egoistin und Streberin, sondern auch eine Heuchlerin, der man die ihr zur Last gelegten Delikte wohl zutrauen kann. Sie ist auch eine verlogene Person mit erotischen Neigungen. Sie macht gern frivole Witze mit älteren Herren und habe sich nicht gescheut, bei der Untersuchung ihres Geisteszustandes dem Psychiater zu sagen, am liebsten seien ihr Geistliche, weil man mit ihnen frei sprechen kann, ohne gleich einen Heiratsantrag fürchten zu müssen. Was die *Motive* der Tat betrifft, so dürfte auch Rachsucht gegen Frau Piffl im Spiel gewesen sein, ein weiterer Beweggrund *kann* auch das in der Anklageschrift geltend gemachte Motiv sein, daß die Vukobrankovics Frau Landesschulinspektorin und damit die Schwägerin eines Erzbischofs werden wollte. Rachsucht sei ja häufig die Wurzel von Giftmord (?). »Zusammenfassend«, schließt der Sachverständige, »kann man sagen, daß die Vukobrankovics eine Person mit erworbenen ethischen Defekten, daß sie aber weder geisteskrank noch geistesschwach ist und es auch zur Zeit der Begehung der ihr zur Last gelegten Taten nicht gewesen ist. Die Tat ist ihr zuzutrauen, und ihre hohe Intelligenz läßt sie nur um so gemeingefährlicher erscheinen.«

Nach einigen Fragen des Staatsanwaltes und des Verteidigers erhebt sich die Vukobrankovics und sagt zu Prof. Hövel: »Ich bin Ihnen für ihre Ausführungen sehr dankbar, Herr Professor. Ich wollte ja nichts anderes, als vollkommen geistesgesund erklärt werden, damit die Verhandlung nicht verschoben werde. Was aber die Schilderung meines Charakters anbetrifft, so schaut mir da ein ganz fremdes Bild entgegen. Das bin ich nicht. Sie haben mich, Herr Professor, im ganzen viermal gesehen und mir dreimal in den Hals geschaut. Ich bestreite entschieden, daß man nach einer viermaligen Begegnung ein solches Charakterbild abgeben kann.

Am 1. November 1918 wurde nach den Schlußausführungen des Staatsanwalts und des Verteidigers folgendes Urteil gefällt:

Die *erste* Frage auf Giftmordversuch (mit Powideltascherln) wurde einstimmig verneint. Die Fragen auf Giftmordversuch (mit Maisauflauf und der Phosphorpillen) mit 7 Stimmen Ja gegen 5 Stimmen Nein beantwortet, was ebenfalls eine Verneinung der Schuld bedeutet.

Die Frage auf Verleumdung des Albert Zelenka Piffl wurde einstimmig bejaht, und die Zusatzfrage, ob diese Tat mit besonderer Arglist verübt wurde, bejahten die Geschworenen mit 10 Stimmen gegen 2 Nein.

Nun wurde die Angeklagte in den Saal gerufen, und der Präsident teilte ihr das Verdikt mit. Sie blieb regungslos an der Barre stehen und antwortete auf die Frage, ob sie den Wahrspruch verstanden habe, mit einem leisen Ja.

Auf Grund dieses Wahrspruches wurde die Angeklagte vom Verbrechen des versuchten Giftmordes in drei Fällen freigesprochen, dagegen wegen Verbrechens der Verleumdung zu zwei Jahren schweren Kerkers, verschärft durch Fasten und Hartes Lager alle Vierteljahr verurteilt. In diese Strafe wurde die Untersuchungshaft vom 22. März des Jahres bis 1. November des Jahres eingerechnet. Überdies wurde der Adelsverlust ausgesprochen.

Auf die Frage des Präsidenten, ob die Angeklagte etwas zu sagen habe, antwortete sie: »Jawohl! Ich danke den Herren Geschworenen.«

Der zweite Prozeß

In der Zeit vom 11. bis 15. Dezember 1923 fand vor den Wiener Geschworenen der zweite Prozeß Milica Vukobrankovics wegen Giftmordversuches statt. Die Presse betrachtete diesen Prozeß von vornherein als Sensationsangelegenheit, und bevor noch das Geschworenenkollegium zusammengestellt war, fanden sich in den großen Blättern ausführliche Aufsätze über das persönliche, das private Verhalten der Angeklagten, über ihre interessante Erscheinung und über ihren Namen, ihre fürstliche Abstammung. Ursprünglich schien die Durchführung des Prozesses gefährdet, nicht etwa, weil der Sachverhalt des neuen Vergehens noch unklar war, denn dieser, gleich dem ersten, war so einfach in den Tatsachen, daß es eines so lange dauernden Prozesses gar nicht bedurft hätte, sondern weil die Angeklagte, nach versuchtem Hungerstreik, durch verschiedene Maßnahmen von sich aus die Verhandlung als solche in Frage gestellt hatte. Sie war dieses Mal ebenso wie das erste Mal auf der Straße verhaftet worden und in den Polizeiarrest gekommen. Dort wurde sie für vollkommen gesund erklärt, obwohl sie, nach ihrer späteren Angabe, sich häufig erbrochen und sich so schlecht gefühlt habe, daß sie sich kaum auf den Füßen halten konnte, offenbar hatte sie auch einen Hungerstreik begonnen. Außerdem handelte es sich um Nachwirkungen einer Bleivergiftung. Erst jetzt, als auf Antrag des Untersuchungsrichters die Gerichtsärzte sie untersuchten und die Bleivergiftung bei ihr festgestellt hatten, wurde sie als krank behandelt. Am 9. Juli kam sie in die psychiatrische Klinik, war klar und geordnet und befand sich nach Angabe der Ärzte in einer durchaus ruhigen Stimmungslage. Sie erklärte dem diensthabenden Arzte zuerst bestimmt, auch hier den Hungerstreik durchführen zu wollen; auf die Möglichkeit der Ernährung durch die Schlundsonde aufmerksam gemacht, entschloß sie sich, sogleich eine Tasse Milch zu sich zu nehmen, ebenso die Abendmahlzeit zu verzehren. Während der ersten zwei Monate befand sie sich dort körperlich wohl und nahm um 8 Kilogramm zu. Alsdann wurde sie wieder in das Landgericht II zurückgebracht, also in wesentlich strengere und schlechtere Behandlung. In der Zelle soll es trotz des Sommers kalt gewesen sein, so daß sie ständig fror und von der Mutter warme Kleidungsstücke erbat. Ganz unberechtigt müssen ihre Klagen also nicht gewesen sein, wie auch aus ihren eigenen Aufzeichnungen hervorgeht. Die Zeitungen sprachen aber mit Voreingenommenheit »von einer wahren Passion, die das Landgericht II, und zwar Richter, Beamte, Ärzte, die Funktionäre des Gefangenenhausdienstes, keiner ausgenommen, mit diesem Häftling zu erdulden hätten, der sich seit anderthalb Jahren im Gewahrsam des Gerichts auf dem Hernalsergürtel in Wien befand. Die Frage der Schuld der Vukobrankovics, schreibt eine Zeitung, ist das Thema des beginnenden Prozesses, aber es hat wohl kaum jemals in Wien einen Untersuchungshäftling gegeben, der seiner Umgebung soviel Unannehmlichkeiten und Scherereien bereitet hätte. Die Haft ist gewöhnlich eine unvermeidliche Unbill gegen den Beschuldigten, aber in diesem Falle scheint es nach übereinstimmenden Berichten, daß das Gerichtspersonal, immer in Atem gehalten, auch einen Teil davon tragen mußte. Eine Probe ihres heftigen Temperamentes, des Eigensinns und unzähliger weiblicher Ränke hat die Vukobrankovics allerdings auch schon in ihrem ersten Prozeß gegeben. Die Öffentlichkeit hat eigentlich nur von dem Hungerstreik erfahren, den sie in der Haft inszenierte, und der erst nach einer Reihe von Tagen, mühsam durch Zuspruch ihres Verteidigers, Dr. Kraszna, und des Gefangenenhausdirektors zu Ende kam. Wiederholt hat sie verschiedene Exzesse begangen, insbesondere beschimpfende Äußerungen gegen die Psychiater ...

Ganz anders wird der Ton der Presse, als die Vukobrankovics am ersten Verhandlungstage vor dem zahlreich erschienenen vornehmen Publikum sich persönlich zeigt. Ich lasse den Bericht desselben Berichterstatters folgen: »Wenn die lohende Flamme der Sensation nicht wäre, von der die Szene immerzu wie mit rotem Theaterlicht übergossen wird, es gäbe vielleicht einen merkwürdigen, aber stillen Prozeß ... Nun aber belagert die Neugier die Persönlichkeit der Angeklagten, die es in allen Nerven spürt. Milica Vukobrankovics als Weib. Sie ist sicher ein eigenartiger Frauentypus jugoslawischer Rasse. Ein längliches, energievolles Gesicht, das in reizvollem Gegensatz steht zu üppigen, braunen Haarflechten, die kronenartig aufgebaut sind. Eine hübsche Frau, gut gewachsen, elegant. Ein Schimmer von Geistigkeit, der über dem Gesicht liegt, sich in jeder Kopfbewegung und in den eigentümlichen, kleinen Rucken der Hände ausspricht, fällt auf, und dieser harte Wille, mit dem sie sich selbst in Zucht hält, ihre blitzschnellen klugen Reden formt. Ja, sie ist erstaunlich klug, eine Dialektikerin, die mit gefährlichen Pointen, mit einem raffinierten Zickzack von Antworten das System eines Verhöres in Verwirrung bringen kann...« Man sieht also, es ist ein ganz anderer Eindruck, den die geständige Giftmörderin, die wegen des gleichen Deliktes rückfällige Verbrecherin erweckt. – Die feuilletonistische Stimmungsmache, die einem Wiener Prozeß vorangeht, wäre dieser ausführlichen Darlegung nicht wert, wenn sie nicht etwas Bezeichnendes enthielte: den Beweis für den außerordentlich begütigenden, bezaubernden Eindruck, den Giftmörder und Giftmörderinnen bei den Richtern und bei anderen Menschen oft erwecken und der, wie ich später ausführen will, sich bei der berühmten Brinvilliers, bei der Gesche Gottfried in Bremen und anderen findet, auch bei einem männlichen Giftmörder, Georg C. Diese Verbrecher verstehen sich das Wohlwollen der Richter und der Zeugen in einem Maße zu erwerben, das man um so weniger psychologisch erklären kann, als bei jedem doch die Befürchtung bestehen müßte, er könne, wenn der Täter oder die Täterin freigesprochen würde, selbst ein Opfer ihres Gifttriebes werden. Rationale Betrachtung versagt am ehesten beim Giftmord. Wäre es denn anders erklärlich, daß Giftmörder wie die Gottfried ihre Taten bis an dreißigmal in typischer Weise *wiederholen* können, ohne daß der persönliche Zauber, der sie schützend umgibt, gebrochen wird? Die Vukobrankovics kam aus dem Gefängnis, aber sie war nicht wegen Giftmordversuchs, sondern nur wegen Verleumdung darin gefangen gewesen, und der Richter, von einer in Österreich damals ganz ungewohnten Milde, hatte seinerzeit mit großem Wohlwollen den ersten Prozeß geleitet, der Staatsanwalt hatte am Ende seines Plädoyers gesagt: »Ich will es nicht allein auf mein Gewissen nehmen, daß eine Unschuldige verurteilt werde. Prüfen Sie den Fall nüchtern und überlegen Sie das Für und Wider!« Dabei lagen die Arsenproben, das Opium und der Phosphor auf dem Verhandlungstisch! Selbst zu der Verurteilung wegen Verleumdung wäre es nicht gekommen, wenn nicht die Angeklagte selbst durch einen schriftlichen Verleumdungsbrief an den Kardinal Piffl dem Gerichte ein nicht umzustoßendes Beweismittel ihrer Schuld wenigstens nach dieser Richtung gegeben hätte. Auch jetzt, vier Jahre nach der ersten Verurteilung, lag ein schriftliches Bekenntnis der Vukobrankovics vor, das sie ihrem »Opfer« und Mitschuldigen in einer Person, dem

Verlagsbuchhändler Ernst Stülpnagel »spontan« übergeben hatte. Ich komme noch darauf zurück. Der Tatbestand, der jetzt vorlag, war folgender:

Am 31. Oktober 1918 war das erste Urteil, wie oben erwähnt, gefällt: Milica Vukobrankovics wurde wegen Verleumdung des Sohnes ihrer Opfer, des jungen Piffl, zu zwei Jahren schweren Kerkers und zum Verlust des Adels verurteilt. Gegen Ende des Jahres 1919 wurde sie von staatswegen begnadigt und kam wieder nach Wien. Sie suchte und fand Arbeit zuerst bei einer Modistin, war dann Sekretärin in einer Schuhfabrik und kam dann durch eine Annonce zu der Verlagsanstalt Konegen, deren Chef Ernst Stülpnagel war. Sie trat am 1. Mai 1920 in das Geschäft ein, avancierte sehr schnell zur ersten Sekretärin, knüpfte ein intimes Verhältnis mit dem Chef an, wurde nach ungefähr einem Jahre schwanger und erlitt eine Fehlgeburt. In diese Zeit, Sommer 1920, fallen die Vergiftungen: vergiftet sollten werden: Die Frau des Chefs, Dorothea Stülpnagel, und die beiden Söhne. Aber auch der Mann bekam von dem Gift, es war Bleiweiß, sie selbst mußte auch davon nehmen, die Dienstboten wurden ebensowenig verschont wie die Haustiere, Katze und Hund, weil eben die gesamten Lebensmittelvorräte der Familie von ihr mit Bleiweiß versetzt waren. Ein Angestellter Stülpnagels machte nun dessen Schwiegermutter auf die Vorgeschichte der Milica Vukobrankovics zur selben Zeit aufmerksam, als eben der Arzt, spät genug, den Charakter der sonderbaren Krankheit erkannt hatte, die alle Familienmitglieder betroffen und bei dem älteren Knaben bereits bedrohliche Formen angenommen hatte. In diesem Augenblick machte die Angeklagte ihrem Geliebten ein Geständnis erst mündlich, dann in schriftlicher Form, und beide gingen daran, die vergifteten Lebensmittel wieder beiseite zu schaffen. Ein Teil mußte untersucht werden, wurde als vergiftet befunden, und die Angeklagte wurde verhaftet. Sie versuchte erst zu beweisen, daß sie das Bleiweiß als Abtreibemittel für sich hatte verwenden wollen und daß durch Zufall das Gift in die Lebensmittel hineingekommen sei. Raffiniert, aber nicht eben so klug, als es dem oberflächlichen Beurteiler erschien, war das ausgeklügelte Verfahren, daß sie den in der Küche verwendeten Staubzucker in einer Drogerie eingekauft hatte, die auch Bleiweiß führte, um die Schuld an den Vergiftungen im Notfall auf die Unachtsamkeit des Drogisten abzuwälzen. Von der Unsinnigkeit dieses Versuches wurde sie bald überzeugt, erprobte dann die Ausrede, die im Kellerlokal ihres Büros hausenden Pfadfinder hätten das Bleiweiß zum Weißen ihres Wohnraumes verwendet, und dann sei es durch Verwechslung in die Speisen der Familie S. gekommen, die aber in einem anderen Stadtteil Wiens, in dem Vororte St. Veit, wohnte.

Das sind die Tatsachen, und sie sind an sich sehr dürftig. Was sich an Interessantem bot, ging erst aus der Verhandlung selbst hervor, die übrigens nicht sehr planvoll geführt wurde. Der Vorsitzende, abwechselnd feig und vor der Angeklagten zurückweichend, dann wieder brutal und höhnisch, vermochte die Zügel nicht in der Hand zu behalten. Bei jeder Gelegenheit war die Angeklagte imstande, ihre scheinbare Superiorität geltend zu machen, wobei sie einmal mit unglaublichem Selbstbewußtsein auftrat, das andere Mal sich hinter der weiblichen Ehre und ihrem zarten Schamgefühl verschanzte.

Immerhin bietet der Prozeß eine Anzahl von Tatsachen, die das Seelenleben dieser Giftmörderin beleuchten. Sie ist, wie schon aus dem ersten Prozeß hervorgeht, keine Mörderin von großem Format. Man darf auch keine Konflikte oder wirklichen Ausbrüche aus den Untergründen der Seele erwarten. Auch besonders drückende Angst vor den Folgen tritt nicht deutlich in Erscheinung. Aber dies alles ist überhaupt für die Giftmörder nicht bezeichnend. Was aber diese Art Verbrecher gemein hat, außer der unbeschreibbaren Verzauberung, die schon erwähnt wurde, ist folgendes: Eine Planlosigkeit, die sich dummschlau hinter einem scheinbaren Plan, einer scheinbaren Willensabsicht verbirgt. Alle echten Giftmörder morden planlos, und das ist mit der erwähnten persönlichen Bezauberung der Hauptgrund, weshalb sie oft nur durch »fremde« Zufälle, oder erst so sehr spät entdeckt werden. Die erwähnte Gesche Gottfried hatte im Verlauf von zehn Jahren fünfzehn oder zwanzig Särge bei demselben Tischler für die von ihr Ermordeten, Mann, Kinder, Freunde und Fremde, bestellt. Trotzdem fiel das nicht auf, und selbst den letzten Mord erkannte man erst durch einen Zufall. Die Brinvilliers wäre nie entdeckt worden, wenn nicht ihr Komplize, Graf Saint Croix, bei dem Experimentieren mit Giften seine gläserne Maske, die ihn vor den Giftschwaden schützen sollte, verloren hätte und plötzlich selbst am eigenen Gift gestorben wäre. Er hinterließ eine Kassette mit einer Unmasse Gift und mit der ausführlichen Angabe, alles sei an die Marquise von Brinvilliers uneröffnet zurückzustellen. Die Marquise aber verriet sich durch ein sechzehn Seiten langes Memorial, das sie anstatt einer Beichte niedergeschrieben hatte und das als Zeugnis gegen sie, formal-juristisch mit Recht, im höheren Sinne aber mit Unrecht verwendet wurde. Hang zu schriftlichen Ergüssen findet man relativ oft bei Giftmördern. Ein anderer Giftmörder, Georg C., hatte seine erste Frau, seine zehn Kinder umgebracht und dann seine zweite Frau zu vergiften versucht. Verdächtig machte ihn aber nicht die jedem Laien auffallende Gleichartigkeit seiner Taten, sondern, daß er sich einem oberflächlich informatorischen Verhör nicht stellen wollte, ohne Not floh und ohne Not zurückkam. Auch er war, ebenso wie die Milica Vukobrankovics, mit unglaublicher Leichtfertigkeit an sein furchtbares Werk gegangen. Motive im eigentlichen Sinne kennen diese Menschen nicht; daher versagt jede »vernunftgemäße« Betrachtungsweise. Er nahm, wie auch die Gesche Gottfried und die Brinvilliers, seine Strafe mit einem gewissen Gleichmut hin. Einsicht in das Grauenvolle seines Verbrechens fehlte ihm bis zu dem Grade, daß er über dieses Fehlen selbst erstaunt war. Er sagt sehr bezeichnend; nachdem er erzählt, wie er ein Kind, einen Säugling, vergiftet habe: Er glaube, während seiner zweiten Ehe seine fünf Kinder vergiftet zu haben, und bekannte weiter, daß er auch seinen Sohn Lorenz aus erster Ehe, geboren den 1., gestorben den 28. August 1790, durch einen gleichfalls mit Fliegenstein vergifteten Schluzer (Schnuller) umgebracht habe. Das Kind habe sich, gleich nachdem es den Schluzer ausgesogen habe, erbrochen und sei nach einem halben Tage, in Gichtern (an Krämpfen) gestorben. Er wisse nicht, wie er dazu gekommen sei, all dieses zu tun, es sei ihm nie beigefallen, daß er sich dadurch eines Verbrechens schuldig mache. Er kenne doch die Gebote Gottes und wisse, was einem Christen zustehe, und könne darum nicht sagen, was ihn verleitet habe. Weder Völlerei noch Übermut seien die Ursachen seiner Handlungen gewesen, und auch nicht Wucher und Habsucht. Kurz, er könne nicht sagen, warum er es getan habe, obschon er bei Vernunft gewesen sei. Auf ähnliche Äußerungen bei der Gesche Gottfried komme ich später zurück.

Was ferner im höchsten Maße für diese Art Verbrecher kennzeichnend ist, ist ihre völlige Gefühllosigkeit und Kälte gegenüber den durch sie hervorgebrachten Leiden, die sie, von einer eigenartigen »Paradoxie des Gefühls« geleitet, durch ernst gemeinte Pflege und verschiedenartige Linderung abzuschwächen suchen, ohne daß ihnen das Wesentliche ihrer Taten auch nur ahnungsweise zum Bewußtsein kommt. Vielleicht ist es so zu verstehen, wenn es in einem Briefe der Madame de Sevigné über die Marquise von Brinvilliers heißt:»Son Confesseur dit, que c'est une sainte.« Über die unerwartet milde Behandlung der Marquise, die den eigenen Vater und ihre Brüder durch qualvolles Leiden zugrunde gerichtet hatte, sagt die kluge Sevigné:»Le monde est bien injuste, il l'a bien été pour la B. Jamais tant de crimes n'ont été traités si doucement ...« Denn sie wurde nicht auf die Folter gespannt, man machte sie so an Gnade glauben, ließ sie die Gnade so fest erwarten, daß sie nicht darauf vorbereitet war, zu sterben, und sagte, als sie schon das Schafott betrat: Das ist also alles?

Diese drei Momente, als da sind: 1. die persönliche Bezauberung, die von dem Giftmörder ausgeht, 2. die Planlosigkeit bei der Tat, und 3. fast völlige Abwesenheit des subjektiven Schuldgefühls, völlige Gefühlskälte mit einem gewissen Wohlwollen und einer Art Menschlichkeit kombiniert, wird man auch bei der Vukobrankovics finden. Auch ein anderes Zeichen, das besonders bei den weiblichen Giftmörderinnen charakteristisch zu sein scheint, fehlt nicht. Eine gewisse Sentimentalität, ein Schwelgen in Phrasen, Frömmelei oder Pochen auf ein Ehrgefühl, das nicht mehr da ist. Dazu kommt ein eigenartiges Spielen: mit der Möglichkeit der Tat, ein Spiel mit den Folgen, ein Spiel mit den Opfern. Alles geht leicht und ohne Ziel. So erprobte die Brinvilliers ihre Giftdrogen an den Armen. Sie vergiftete Biskuits und spendete sie den Armen und gab sich Mühe zu erfahren, wie sie gewirkt. Aber sie nahm nichts davon ganz ernst. Die Vukobrankovics tat ähnliches. Die Geselle vergiftete sogar ihre beste Freundin und weinte echte Tränen bei ihrem Tode. Aber sie litt so wenig unter dem Gewicht ihrer Taten, daß sie noch kurz vor ihrer Hinrichtung mit einer Begnadigung rechnete und mit einer Anstellung im Weibergefängnis.

In dem Fall Vukobrankovics sprach man unaufhörlich von dem ungeheuren Willensaufgebot der Angeklagten, ihrer ungemessenen

Energie, ihrem Ehrgeiz, doch es bleibt nichts als ein derber Wille zu leben und zu gelten und das Pochen auf ihre feudale Abkunft. Daß sie die jüngste Bürgerschullehrerin war, wird eigens rühmend hervorgehoben. Aber sie selbst sagt den Richtern, es wäre gar kein Motiv des Ehrgeizes da, denn was könne es für die ehemalige Fürstin bedeuten, daß sie Frau Landesschulinspektor werde oder die Frau eines in nicht sehr guten Verhältnissen sich befindenden Verlagsbuchhändlers Stülpnagel?

Wir lassen nun die Geschichte des Prozesses soweit folgen, als die einzelnen Augenblicke der Verhandlung einen besonderen Einblick in das Seelenleben der Angeklagten erlauben.

Am ersten Verhandlungtag bemerkte der Verteidiger: Weil schon vorhin von ihren angeblichen Bestrebungen die Rede war (im Laufe des ersten Prozesses, da sie die Schwägerin des Kardinals werden sollte), so wäre es auch am Platze, darüber zu sprechen, daß sie aus einem fürstlichen Geschlecht stamme.

Angeklagte: »Ich kenne keinen Stolz in der Beziehung, ich hätte meine alten Adelspapiere ausgraben und mich Fürstin nennen können, da brauchte ich wahrlich nicht den Kardinal Piffl dazu.«

Vorsitzender: »Auf dem Geschlechte der Vukobrankovics soll ein Fluch lasten.« (!)

Angeklagte: (*feierlich*): »Meine Vorfahren sollen Könige von Mösien gewesen sein. Dann serbische Woywoden. Einer der Vukobrankovics hat die Tochter des damaligen serbischen Königs Lazar geehelicht und wollte König von Serbien werden. Vor der Schlacht auf dem Amselfelde zu Ende des vierzehnten Jahrhunderts soll er die Serben an die Türken verraten und dafür das halbe Königreich Serbien zum Lohne erhalten haben. Die Sache ist in einem serbischen Epos behandelt worden, und darin ist auch von einem Fluch die Rede:

> Gott verdamme Vuk den Brankovicsen,
> Nichts gedeihe ihm von seinen Händen,
> Nicht der weiße Weizen auf den Feldern,
> Nicht die saftige Rebe auf den Bergen,

Nicht die Kinder im verfluchten Hause.
Kaum war dieser Fluch gesprochen,
War das Herz der Milica gebrochen.«

Sie fährt »mit tragischem Akzent« fort: »Mein Vater war der letzte männliche Nachkomme des Geschlechtes, er war sehr unglücklich.«

Als der Vorsitzende weiter aus dem psychiatrischen Gutachten feststellt, daß die Angeklagte für geistesgesund erklärt wurde, bemerkt sie wegwerfend: »Die Gerichtsärzte erklären nur einen Gestorbenen für krank.« *(Heiterkeit im Auditorium.)*

Vorsitzender: »In den Angaben des Anstaltsgeistlichen heißt es, daß Sie keine Reue über die Tat gezeigt haben.«

Angeklagte: »Der Anstaltsgeistliche kennt mich gar nicht, er hat mir nur ein paarmal Bücher gebracht.«

Vorsitzender: »Er hat als Geistlicher gesprochen und gesagt, daß Sie irreligiös sind und nicht zur Beichte gehen ... Zu Ihrer Mutter sollen Sie sehr lieblos gewesen sein.«

Angeklagte: »Da verwechselt man Lieblosigkeit mit Zurückhaltung.«

Vorsitzender: »Beobachten Sie selbst Dinge an sich, die Ihnen auffallen?«

Angeklagte: »Ich habe manchmal das Empfinden, daß mein Bewußtsein – wie soll ich das sagen – parzelliert ist.«

Vorsitzender: »Was heißt das? Die Psychiater werden das neue Wort sehr gerne verwenden.«

Angeklagte: »Was eine Parzelle ist, wird doch jeder wissen, (wie träumend) wenn ich mich sehr aufrege und mich krank fühle, dann spalten sich Teile meines Bewußtseins von mir ab.«

Vorsitzender: »Was macht der eine Teil?« (!)

Angeklagte: »Wenn er sich abspaltet, ist er mir oft verlorengegangen.«

Vorsitzender: »Der eine mischt Gift, und der andere bereut es. Ihre Mutter spricht von einer Doppelseele, von einer guten und einer schlechten.«

Angeklagte: »Das meine ich nicht.«

Vorsitzender: »War Ihnen bekannt, daß die Familie Stülpnagel gewußt hat, daß Sie schon eine Giftaffäre im Hause Piffl gehabt haben?«

Angeklagte: »Ich glaube nicht.«

Vorsitzender: »Doch, doch. Eine bekannte Dame hat dies den Stülpnagels mitgeteilt. Als Herr Stülpnagel selbst erkrankte, besuchten Sie ihn in seiner Wohnung.«

Angeklagte: »Da wurde mir manchmal aufgewartet, ich selbst mußte von den vergifteten Speisen essen und erkrankte selbst.«

Vorsitzender: »Zeugen werden uns sagen, daß Sie bei ihren Besuchen der Frau Stülpnagel den vergifteten Zwieback als besonders gut empfohlen haben.«

Angeklagte: »Das wird kaum stimmen.«

Vorsitzender: »Wie kam Stülpnagel dazu, von Ihnen ein schriftliches *Geständnis* zu verlangen?«

Angeklagte: »Das weiß ich nicht, er hat es spontan verlangt.«

Vorsitzender: »Was haben Sie dazu gesagt?«

Angeklagte: »Ich habe ihm erzählt, er hat geschrieben und ich habe es unterfertigt.«

Vorsitzender: »Was hat er mit dem Schriftstück gemacht?«

Angeklagte: »In die Brieftasche hat er es gesteckt.«

Vorsitzender: »Haben Sie sich Gedanken gemacht, ob er es vielleicht als Waffe gegen Sie verwenden will?«

Angeklagte: »Mir war im Augenblick alles so egal.«

Vorsitzender: »Sie haben sich also um das Schicksal dieses schriftlichen Geständnisses gar nicht mehr gekümmert?«

Angeklagte: »Gar nicht, auch nicht, als ich verhaftet wurde.«

Das Geständnis lautete folgendermaßen: »Ich bestätige hiermit, daß ich nicht mit Absicht und willens war, aber aus Leichtsinn Schuld an den im Juli 1922 im Hause Stülpnagel vorgekommenen Bleivergiftungen trage.«

Im weiteren Verlaufe des Verhöres verlangte die Angeklagte neuerlich den Ausschluß der Öffentlichkeit, da sie zu ihrer Rechtfertigung delikate Dinge vorbringen müsse.

Vorsitzender: »Wir werden ja die ganzen fünf Tage von diesen Dingen reden müssen. Sie wissen ganz genau, daß wir irgendwelche Sachen, die delikat sind, nicht berühren werden.«

Angeklagte: »Um Himmels willen, Sie müssen doch denken, daß ich als Frau von dem anderen nicht reden konnte. Sind Sie denn kein Mensch, daß Sie das nicht verstehen?«

Vorsitzender: »Das verstehe ich vollkommen.«

Die Angeklagte erzählt dann, daß sie sich in dieser Zeit sehr krank gefühlt habe und in Anbetracht der Krankheit ihres Vaters für ihren Geisteszustand gefürchtet habe. Sie suchte damals Beziehung zu einer Wahrsagerin, und diese, eine gewisse Frau Maresch, habe ihr ein nervenstärkendes Mittel gegeben, das ihr sehr gut tat. Außerdem habe ihr eine unbekannte Frau ein Abortivmittel ins Büro gebracht. Über die Farbe, die Beschaffenheit und die Packung dieses Abtreibungsmittels gibt die Angeklagte ganz unbestimmte Auskunft.

Vorsitzender: »Wie lange haben Sie das Mittel eingenommen?«

Angeklagte: »Bis es mir einmal herunterfiel.«

Vorsitzender: »In der Untersuchung haben Sie stets behauptet, daß dieses Mittel auf die Lebensmittel Stülpnagels gefallen ist. Ist das richtig?«

Angeklagte: »Die Sache hat sich wirklich so zugetragen.«

Vorsitzender: »Und dadurch, daß das Pulver auf die verpackten Lebensmittel herunterfiel, das Sie dann noch wegkehrten, sollen diese Lebensmittel vergiftet worden sein? Das werden die Geschworenen kaum glauben. Sagen Sie doch die Wahrheit. Fiel das Pulver wirklich auf die Lebensmittel?«

Angeklagte: »Nein.«

Vorsitzender: »Dem Stülpnagel haben Sie gesagt, das Pulver ist da, um *Leid und Liebe zu wecken.* Als Stülpnagel fragte: ›Um Gottes willen, warum denn auch für die Jungen?‹ haben Sie erwidert: ›Die Jungen werden es leichter aushalten.‹«

Angeklagte: »Daran kann ich mich nicht mehr erinnern.«

Vorsitzender: »Bei der Beichte haben Sie dem Stülpnagel das Säckchen mit dem Bleiweiß übergeben?«

Angeklagte: »Jawohl.«

Vorsitzender: »Er hat es untersuchen lassen, und da hat sich herausgestellt, daß das Säckchen nur Mehl enthalten hat. Da hat er es weggeworfen.«

Angeklagte: »Da muß er rein das Säckchen mit einem anderen vertauscht haben.«

Vorsitzender: »Die richtigere Lösung wäre aber die, daß Sie ihm eben nur ein Päckchen mit Mehl übergeben haben, um nicht überwiesen werden zu können.«

Es wurde hierauf der Zeuge Ernst Stülpnagel vorgerufen. Er ist einundfünfzig Jahre alt, ein Preuße. Er ist klein, untersetzt, rotwangig, ohne Nerven. Die Angeklagte nannte ihn gerne »Stilpe«. Er steht mit beiden Füßen auf dem Boden der Tatsachen; Familie, Frau und Kinder kommen in zweiter Linie. Über die erotischen Beziehungen ist den Akten nichts zu entnehmen, da die Verhandlungen, die sich darauf bezogen, unter Ausschluß der Öffentlichkeit geführt wurden. Er hat die Angeklagte verführt, ist ihr aber nicht treu geblieben, und dies soll das Motiv ihrer Handlungen gewesen sein. Aber es scheint vielmehr, daß die stärksten Grundlagen ihrer Beziehungen geschäftlicher Natur waren, und in diesem Kreise bewegten sich auch die Aussagen am ersten Verhandlungstage. Er gibt an, er hätte im Januar 1919, als er aus dem Felde zurückkehrte, annonciert, daß er für seine Verlagsbuchhandlung eine Hilfskraft brauche. Wegen ihrer guten Zeugnisse engagierte er die Angeklagte, ohne von ihrem Vorleben etwas zu wissen, vorerst in untergeordneter Stellung. Sie erwies sich als sehr verwendbar und tüchtig. »Eines Tages«, sagte der Zeuge, »kam sie zu mir und meinte, ich möge ihr

eine bessere Verwendung geben, die Arbeit wäre ihrem Bildungs-
stand und ihren Fähigkeiten nicht angemessen. Das habe ich denn
auch getan. Ich war erfreut, zu sehen, mit welchem Eifer und welcher Hingabe sie ihre Pflicht erfüllte, wie erstaunlich leicht sie alles
auffaßte und wie rasch sie sich in den verwickelten Geschäftsbetrieb
einarbeitete. Sie war auch ganz bestimmt uneigennützig und hat
immer dagegen protestiert, wenn ich ihren Gehalt aufbessern wollte. Selbstverständlich mußte ich ihr, wie sie in die erste Stellung
aufrückte, auch eine bessere Bezahlung geben. Im Geschäft habe ich
sie streng behandelt.«

Vorsitzender: »Allmählich haben Sie sie auch liebgewonnen. Bitte
mir kurz zu sagen, wie sich das entwickelt hat. Wann sind Sie ihr
nähergekommen?«

Zeuge: »Im September 1920.«

Aus der Anklageschrift geht hervor, daß sie die Stellung einer
Prokuristin einnahm, daß sie infolge ihres Ehrgeizes in kürzester
Zeit die eigentliche Leitung des Geschäftes übernehmen durfte und
den Chef vertrat, wenn er verreiste. Ihr Privatleben hielt sie vor
anderen Angestellten geheim, machte aber ihrem Chef zeitweise,
wenn sie schlechter Laune war, große Szenen, beschimpfte ihn, und
es kam sogar zu Handgreiflichkeiten. Inzwischen hatte sie zur Familie des Stülpnagels Beziehungen angeknüpft, war häufig Gast in
der in Ober-St.-Veit gelegenen Wohnung und wurde so intim mit
der Familie, daß sie schließlich auch den Einkauf der Lebensmittel
übernahm. Diese Lebensmittel wurden im Büro im Heinrichshof
gesammelt und dann durch einen Diener oder von einem der jungen Söhne des Stülpnagel im Rucksack in die Wohnung befördert.
Im Mai 1922 fühlte sie sich Mutter werden und soll nun von ihrem
Chef verlangt haben, daß er sich scheiden lasse und sie heiraten
solle. Stülpnagel weigerte sich, und das soll nun der Anlaß gewesen
sein, Mittel und Wege zu finden, um die Familie aus dem Wege zu
räumen.

Sie hatte sich eingehend mit Giftmordliteratur beschäftigt, schon
deshalb, weil in ihrem ersten Prozesse ein Buch über Giftmorde eine
große Rolle gespielt hatte. Dabei kam sie auf Bleiweiß, eine Chemi-
kalie, die in nordischen Ländern häufig zur Fruchtabtreibung verwendet wird. Sie verschaffte sich also Bleiweiß, ein weißes, ge-

schmack- und geruchloses Pulver, mischte es unter das Mehl, den Gries, das Salz und den Zucker, unter die Lebensmittel also, die sie im Büro ansammelte. Stülpnagel selbst soll nicht so sehr von dem Gift betroffen worden sein, weil er, wie die Vukobrankovics wußte, meist im Gasthause aß und am Sonntag Ausflüge unternahm. Drei Wochen hindurch wurden die vergifteten Lebensmittel verwendet. Die Vukobrankovics aß ziemlich regelmäßig mit, und es scheint, daß ihre Erkrankung länger dauernde Folgen hatte als die der übrigen. Auf Anraten des Hausarztes wurden die Lebensmittel untersucht, Herr Stülpnagel nahm Proben in Säckchen und brachte sie mit in sein Kontor. Jetzt erfolgte das schon erwähnte schriftliche und mündliche Geständnis. Die Giftmischerin gab ihrem Geliebten ziemlich deutlich ihre Mordabsicht zu, denn sie flehte ihn an, sie zu schonen, sie müßte sich erschießen, auf ihre Tat stehe lebenslänglicher Kerker. Als der Vorsitzende ihr dies vorhält, antwortet die Angeklagte: »Das habe ich sicher nicht gesagt, ich hatte nur den einen Gedanken, die Sache aufzuhalten.« Da sich die Verhandlung in diesem Augenblicke den sexuellen Beziehungen der Angeklagten zuwendet, wird aus Gründen der öffentlichen Sittlichkeit die weitere Verhandlung wieder für geheim erklärt und sodann die Sitzung geschlossen.

Dem zweiten Verhandlungstage ging in der Presse folgendes Stimmungsbild voraus: »Das Vorspiel hat lange gedauert. In der Sprache des Films nennt man es Präsentation ... Man sieht das einschmeichelndste Lächeln der Schauspieler, ihre wirkungsvollsten Attitüden. Die Tragödin zum Beispiel macht ein bezauberndes, am liebsten überraschend leichtsinniges Gesicht (wegen des Kontrastes). Damit alle Welt sagt: Ach, wie ist sie schön! Dann füllen sich ihre Augen ganz unversehens mit Glut, mit Leidenschaft, ihre Hände beginnen ein nerviges Spiel, sie atmet stark, höher belebt. – Die atmende, innerlich kraftvoll gespannte Frau ist zu tragischem Tun bereit, wobei alle erstaunlichen äußeren Eigenschaften der Darstellerin die Szene allein beherrschen. Ein paar besondere Augensterne, vollendete Linien ... Oft gerät die Schönheit im Laufe des Stückes in Unordnung, kann nicht mehr in gleichem Maße die Einbildungskraft umklammern. Aber die Präsentation hat sich tief in die Sinne des Zuschauers eingeschrieben, es gibt Leute, die sich hoffnungslos vergafft haben ... Nun kennt man die Klugheit der Angeklagten, ihre rassige Heftigkeit, ihre stupende Rednergabe. Es war Anschauungsunterricht.«

Im Laufe des zweiten Verhandlungstages wurde vor allem die Vernehmung des Ernst Stülpnagel, die schon am Abend vorher begonnen hatte, weitergeführt. Hing gestern der Blick der Angeklagten, wie der Berichterstatter schreibt, mit geradezu bezwingender Kraft und Schärfe an ihm, als er zu sprechen begann, so hat heute diese Spannung nachgelassen. Sie weiß, wie er auftritt und daß er sie nicht im Stiche läßt. Sie ist es, die ihm zu Hilfe eilt, als sie fürchtet, er sei zu schwach im Kampf mit dem entgegenkommenden Richter. Sie sekundiert.

Nach den Angaben der Anklageschrift hatte die Angeklagte im Laufe der Untersuchung ihre Verantwortung fortwährend gewechselt, und so hatte sie auch über ihre Beziehungen zu Stülpnagel ein wirres Durcheinander von Widersprüchen zu Protokoll gegeben. Sie leugnete einmal ihre intimen Beziehungen, um dann wieder von ihrer tiefen Neigung zu ihm zu sprechen. Nicht ohne Interesse ist der Umstand, daß der Zeuge seiner Frau gegenüber das Geständnis der Vukobrankovics verschwieg, obwohl er mit ihr in einer anscheinend ganz glücklichen Ehe gelebt hat.

Auch dem Untersuchungsrichter gegenüber hat Stülpnagel vorerst mit keinem Wort dieses schriftliche Geständnis erwähnt, obwohl er doch wissen mußte, daß er sich durch dieses Verschweigen zum Mitschuldigen machte. Er kommt bei seiner Aussage auf dieses schriftliche Geständnis zurück und behauptet, daß er nur in seiner zerrissenen Gemütsverfassung an dieses Schriftstück nicht gedacht habe. Der Vorsitzende hält ihm vor, er solle nicht versuchen, seine Aussage zu verbessern. Er scheine sich nicht darüber klar zu sein, und auch im Publikum herrsche diese Ansicht (!), daß auch das Verschweigen gewisser Dinge für den Zeugen strafbar sei.

Zeuge Stülpnagel: »Ich gebe ja ohne weiteres zu ...«

Vorsitzender (*unterbricht ihn*): »Das brauchen Sie nicht zuzugeben, das war ein Fehler, den Sie gemacht haben.« Die Angeklagte erhebt sich und bittet ums Wort (!): »Sie übersehen (*zum Vorsitzenden gewendet*), daß der Herr Zeuge eine gesetzliche Berechtigung hatte, gewisse Dinge nicht zu sagen.«

Vorsitzender: »Einen gesetzlichen Grund kenne ich nicht.«

Zeuge: »Ich möchte heute nur hinzufügen: die innigen Gefühle, die ich für Milica Vukobrankovics heute natürlich nicht mehr empfinde – aber ich muß doch alles in seinem inneren Zusammenhange darstellen, ich, der ich Milica Vukobrankovics am meisten belaste, muß auch alle ihre Lichtseiten schildern, die mir sie wert gemacht haben, und das will ich tun, und davon will ich nicht mich abbringen lassen.«

Vorsitzender: »Sie tun so, als ob man Sie daran hindern wollte ...«

Zeuge: »Ich habe mir ein halbes Jahr mein Gehirn darüber zermartert über das *Warum* . Was kann die Beschuldigte getrieben haben, eine derartige Tat zu begehen? Wenn man einen großen Einsatz wagt, muß dem gegenüber doch ein großer Gewinn stehen. Welchen Gewinn hätte sie durch ihre Tat haben können, ich sehe keinen, nicht den geringsten. Im Gegenteil, sie hat sich durch ihre Tat in jedem Falle in die größte Gefahr begeben. Wo soll der Nutzen liegen? Meine Familie, von der sie weiß, daß ich sehr an ihr hänge, erkrankt schwer. Ich selbst auch, ich war am schwersten krank. Nehmen Sie an, ich gesunde und meine Familie geht zugrunde. Hat die Vukobrankovics als die gescheite Person, als die sie immer hingestellt wurde, auch nur mit einem Gedanken daran denken können, daß dann eine Verbindung zwischen ihr und mir möglich wäre? Selbst, wenn ich nichts von der Sache gewußt hätte, ich halte das psychologisch für ganz unmöglich.«

Vorsitzender: »Warum nicht?«

Zeuge: »Ausgeschlossen, gänzlich ausgeschlossen.«

Vorsitzender: »So sagen Sie, warum nicht. Sie haben sich doch gestern für die Angeklagte eingesetzt und haben gesagt, ich nehme sie wieder in mein Geschäft.«

Zeuge: »Ich habe gesagt: wenn das nicht geschehen wäre, das ist doch selbstverständlich.«

Eine Geschworene: »Der Herr Zeuge hat gestern gesagt, ich bedaure jeden Tag und jede Stunde, daß ich sie nicht mehr bei mir habe. Das hat bei mir einen tiefen Eindruck gemacht, und ich habe mir den Wortlaut gemerkt.«

Zeuge: »Ich werde das Gute, das ich an ihr kennengelernt habe, weiter schätzen. Ich will das sagen und muß das sagen ... Ich möchte jetzt an die erste Frage anknüpfen, ich sehe tatsächlich nicht, wie diese kluge Person mit kalter Überlegung gehandelt haben soll, selbst wenn sie hätte Rache nehmen wollen. An mir hätte sie ein viel wirkungsvolleres Mittel gehabt.«

Vorsitzender: »Zum Beispiel?«

Zeuge: »Sie hätte mir geschäftlich so viel schaden können, was mich viel mehr getroffen hätte als vielleicht dieser Giftmordversuch.«

Vorsitzender: »Der eine macht es eben so, der andere so. Hatten Sie den Eindruck, daß die Angeklagte etwas Strafwürdiges begangen hat?«

Zeuge: »Daran hatte ich damals noch nicht gedacht.«

Vorsitzender: »Für mich ist es wichtig, zu wissen, ob Sie aus dem Verhalten der Angeklagten entnommen haben, daß etwas Strafbares geschehen ist.«

Zeuge: »Das gewiß.«

Angeklagte: »Ich muß leider feststellen, daß sich Herr Stülpnagel irrt. Von lebenslangem Kerker habe ich nie gesprochen. Ich bin auch heute noch der Ansicht, daß ich nicht hierher gehöre, sondern zu einem Arzt. Wenn jemand *(es handelt sich um den Augenblick, in dem die Vukobrankovics den Stülpnagel um Mitleid anflehte)* von lebenslangem Kerker gesprochen hat, dann ist es vielleicht meine Mutter, die damals mit Herrn Stülpnagel über die Sache gesprochen hat, und das verwechselt er vielleicht.«

Zeuge: »Ich habe *diesen* Ausspruch der Angeklagten in meiner Erinnerung. Ich möchte ja gerne anders aussagen, aber ich halte mich an die Wahrheit.«

Eine Geschworene: »Herr Zeuge, warum wäre die Möglichkeit einer Ehe zwischen Ihnen und der Vukobrankovics ausgeschlossen gewesen?«

Zeuge: »Ich hätte nie wieder geheiratet.«

Vorsitzender: »Wissen Sie, daß die Angeklagte gesagt hat, er hätte mich wahrscheinlich nicht geheiratet, weil er andere gehabt hat?«

Verteidiger: »Das Fräulein Vukobrankovics war nicht auf die Gattin eifersüchtig, sondern auf andere Mädchen.«

Vorsitzender: »Herr Stülpnagel hat auch von den großen Leidenschaftsausbrüchen erzählt, die dieses Wort *niemals* hervorgerufen hat.«

Angeklagte: »Ich bitte, die Sache ist mir nicht gleichgültig. Sie ist für mich als Frau von großem Wert. Ich hätte genug Männer gefunden, die mich geheiratet hätten trotz meiner schrecklichen Vorstrafe, die ich ganz unschuldig bekommen habe. (*Unruhe im Auditorium*) Ich habe es nicht notwendig gehabt, mich einem Mann an den Hals zu werfen. Ich bin Herrn Stülpnagel nie nachgerannt. Ich glaube, jeder Frau muß die Geduld reißen, wenn ihre *Ehre* systematisch in den Kot gezogen wird.«

Als der Vorsitzende an den Zeugen die Frage stellt, ob er nicht mit der Angeklagten darüber gesprochen habe, wie sie zu dieser Tat gekommen sei, springt Milica Vukobrankovics auf, und unter den Rufen:»Ich kann nicht! Ich kann nicht!« eilt sie bei der Saaltüre hinaus. Zwei Justizsoldaten folgen ihr rasch nach. Im Einverständnis mit dem Verteidiger wird die Verhandlung auch in Abwesenheit der Angeklagten fortgesetzt. Nun wird eine kleine Pause eingerückt. Als der Gerichtshof wieder zusammentritt, wird auch die Angeklagte wieder hereingeführt, und der Verteidiger bittet für ihr Verhalten von vorhin um Entschuldigung. Es sei ein Nervenzusammenbruch gewesen, verständlich bei einer Frau, die nur von Brom lebt.

Vorsitzender: »Das wird zur Kenntnis genommen.«

Nach Eröffnung der Verhandlung bittet dann am nächsten Tage die Angeklagte ums Wort und sagt:»Ich möchte heute um etwas Nachsicht bitten. Ich habe die ganze Nacht erbrochen und habe mich nur hergeschleppt, weil ich wirklich nicht wünsche, daß die Verhandlung vertagt wird. Ich habe mich gestern auch nicht ganz richtig ausgedrückt. Ich habe gesagt, daß ich im Gefängnis hungerte und fror. Ich möchte nochmals betonen, daß ich gestern nur flüchtig gesagt habe: daß ich damit keinem der Herren aus dem Landesgericht II einen Vorwurf machen wollte. Gerade der Herr Oberdirektor Schmidt ist mir außerordentlich liebenswürdig entgegengekommen. Er ist ein sehr humaner Mann, aber ein Gefängnis ist kein Sanatorium. Ich war damals schwer krank und hätte wohl eher in ein Sanatorium als in ein Gefängnis gehört. Der Herr Oberdirektor Schmidt konnte mir keine andere Kost als die Gefängniskost zur Verfügung stellen, und die Gefängniskost konnte ich nicht genießen, weil ich Bleivergiftung hatte und alles erbrach. Infolgedessen habe ich wirklich buchstäblich manchmal gehungert. Ebenso war das mit dem Frieren. Die Herren wissen selber, daß es in den Amtsräumen kalt ist, auch im Sommer. Ich habe mir aber infolge der Bleivergiftung auch eine starke Blutarmut und einen Gelenkrheumatismus zugezogen und daher die Kälte sehr unangenehm empfunden. Am wenigsten möchte ich dem Herrn Untersuchungsrichter einen Vorwurf machen. Er war ungemein streng, aber er hat mich immer gerecht und human behandelt.«

Vorsitzender: »Damit nicht ein falscher Eindruck entsteht, frage ich Sie: Wurden Sie von irgend jemand zu dieser Erklärung beeinflußt?«

Angeklagte: »Nein. Ich hatte diese Erklärung schon gestern abgeben wollen, aber Herr Präsident werden sich erinnern, daß Sie mich unterbrochen haben.«

Es erfolgt nun das Verhör mit der Gattin des Ernst Stülpnagel. Der Vorsitzende fragt Frau Stülpnagel, warum denn am 3. Juli ihre Lebensmittel plötzlich beseitigt worden seien.

Zeugin: »Mein Mann hat gesagt, er habe telephonisch mit dem Arzt gesprochen, der die Meinung ausgedrückt hat, die Lebensmittel müssen weg, sie enthalten offenbar Gift.«

Vorsitzender: »Von dem Geständnis der Vukobrankovics haben Sie aber nichts gewußt?«

Zeugin: »Nichts.«

Verteidiger: »Und dieses telephonische Gespräch mit dem Arzt hat gar nicht stattgefunden. Herr Stülpnagel wollte offenbar das Geheimnis der Vukobrankovics nicht preisgeben.«

Vorsitzender: »Wie stehen Sie denn mit Ihrem Mann?«

Zeugin: »Wir haben immer sehr gut miteinander gelebt und leben auch heute noch in bester Harmonie.«

Die Zeugin erzählt dann vom Verlaufe ihrer Krankheit, die Mitte Juli am stärksten auftrat. Dabei wird die Äußerung der Angeklagten erwähnt: »Essen Sie nur viel von dem Zwieback!«, und der Verteidiger fragt die Zeugin, ob ihr das nicht aufgefallen sei.

Diese an sich sehr überflüssige Äußerung der Vukobrankovics, wie im weiteren Verlaufe ihr Hineindrängen in die von ihr vergiftete Familie scheint im gewissen Sinne für den Giftmord charakteristisch zu sein. Von einer anderen Giftmischerin, der Mare Jeanerette, einer früheren Krankenpflegerin und Pseudophilanthropin, wird berichtet, daß sie den Verwandten und Freunden ihrer Opfer deren Tod und die Symptome, unter denen er auftreten würde, voraussagte und damit Beweise für ihre Schuld lieferte. In unserem Falle war die Anwesenheit der Angeklagten in dem Hause ihres Geliebten durchaus nicht notwendig, und für die Angeklagte selbst war dieser Verkehr auch gesundheitlich gefährlich. Abgesehen davon kam sie dabei unter die Augen der alten Frau Konegen, einer vierundsiebzigjährigen Frau, der Mutter der Dorothea Stülpnagel. Diese alte Dame war die einzige, welche die Angeklagte durchschaute.

Nun wurde der praktische Arzt vorgerufen, den die Angeklagte während ihrer Schwangerschaft aufgesucht hatte. Unmittelbar nach dem Zeugen tritt die Vukobrankovics in den Saal und sagt erregt zum Vorsitzenden: »Ich bitte dieses Verhör wieder unter Ausschluß der Öffentlichkeit zu führen.«

Vorsitzender: »Aber diese Dinge sind doch schon wiederholt hier erörtert worden. Jetzt ist doch eine geheime Verhandlung wahrhaftig nicht nötig.«

Angeklagte: »Ja, Herr Präsident, es geht ja nicht um Ihre Nerven, nicht um Ihre *Schamhaftigkeit*. Ich verlange Ausschluß der Öffentlichkeit.«

Der Vorsitzende läßt den Saal räumen, und der Zeuge wird in geheimer Verhandlung einvernommen.

Ist es schon an sich sehr interessant, daß die Angeklagte ihr Hauptverbrechen unter ähnlichen Begleitumständen wiederholte und dem Hause Piffl ein Haus Stülpnagel folgen ließ, so ist es nicht minder merkwürdig, daß sie jetzt auch das Nebenverbrechen, die Verleumdung, derentwegen allein sie im ersten Prozeß verurteilt worden war, im zweiten Falle wiederholte.

Der Vorsitzende hält der Angeklagten vor, daß sie im Laufe der Untersuchung wiederholt dem Untersuchungsrichter beteuert habe, es müsse noch ein *zweiter* Gift in die Lebensmittel gemengt haben.

Vorsitzender: »Wie konnten Sie, Fräulein, dem Richter solche ungeheuerliche Dinge erzählen?«

Angeklagte: »Jeder kämpft um seine Existenz, Herr Hofrat, wenn Sie an meiner Stelle wären, würden Sie auch so handeln.«

Vorsitzender: »Nein, ich würde die Wahrheit sagen.«

Angeklagte: »Aus Ihnen spricht der Richter, aber nicht der Mensch.«

Vorsitzender: »Auch als Mensch würde ich sagen, das habe ich getan und so habe ich gehandelt.«

Verteidiger: »Vielleicht hat sie sich geschämt, ein Geständnis abzulegen.« (In Wirklichkeit war das Geständnis schriftlich schon vor Monaten erfolgt.)

Angeklagte: »Bei einem Geständnis kam bei mir außer diesen Dingen auch noch die weibliche Scham dazu, die mich nicht sprechen ließ.«

Vorsitzender: »Was Ihre weibliche Scham verletzt, hätten Sie ja verschweigen können.«

Angeklagte(*fast weinend*): »Sie nennen es Lügen, ich phantasiere so gern. Sie nehmen mich lügnerisch. Als Mensch würde ich ja so gern dem Menschen ein Geständnis ablegen, es hat mich immer gedrängt, dem Untersuchungsrichter, dem Menschen, zu gestehen. Aber hinter dem Untersuchungsrichter steht der Staatsanwalt, der aus einer *Verzweiflungstat* den tückischen Mord machen will.«

Vorsitzender: »Sie vergessen eben, daß die Richter auch Menschen sind, und diesen Menschen hätten Sie sich als Mensch zeigen können.«

Nun wird die alte Frau Konegen vernommen. Sie erzählt, daß sie einen eigenen Haushalt führe, obwohl sie in einem Hause mit ihrer

Tochter zusammen wohne, und daß sie nur, als Frau Stülpnagel erkrankte, in der Küche mitgeholfen habe. Sie selbst ist nie krank geworden.

Vorsitzender: »Wann ist Ihre Tochter erkrankt?«

Zeugin Konegen: »Das kann ich genau sagen. Am 12. Juni, ich brauche nur in meinen Aufzeichnungen nachzusehen.«

Unter vergnügtem Lachen im Zuschauerraum (!) zieht die alte Dame ihre Papiere hervor und beginnt vorzulesen:

»Am 9. Juni waren die Kinder krank, dann wieder besser.

Am 12. Juni Dorothea krank.

20. Juni Dorothea sehr unwohl.

20. und 21. Juni starkes Erbrechen.

29. Juni Dora Verschlimmerung, fortwährendes Erbrechen, so daß abends der Arzt geholt werden mußte.«

Erst am 13. Juli hat der Arzt die Bleiweißvergiftung festgestellt.

Vorsitzender: »Warum haben Sie diese Aufzeichnungen gemacht?«

Zeugin: »Weil mir die Geschichte nicht gefallen hat.«

Vorsitzender: »Wieso hat Ihnen die Sache nicht gefallen?«

Zeugin: »Das hat mit dem Verstand nichts zu tun. Ich habe oft einen Instinkt gegen Personen.«

Vorsitzender: »Nun, können Sie sich erinnern, daß Ihnen ihr Schwiegersohn neue Lebensmittel gebracht hat?«

Zeugin: »Ja, er ist mit der Aktentasche in die Küche gekommen und hat gesagt: ›Da hast du neue Lebensmittel, nimm von diesen, ja nicht mehr von den anderen.‹«

Vorsitzender: »Von der Vergangenheit der Angeklagten haben Sie damals noch nichts gewußt?«

Zeugin: »Gar nichts. Erst als die zweite Anzeige erstattet wurde, erzählte man mir ihre Geschichte.«

Vorsitzender: »War die Ehe Stülpnagels glücklich?«

Zeugin: »Soweit ich beurteilen kann, ja. Meine Tochter ist literarisch gebildet, eine gute Wirtschafterin, sehr fleißig.«

Vorsitzender: »Aber ein gewisses Empfinden gegen die Verläßlichkeit Ihres Schwiegersohnes hatten Sie einmal?«

Zeugin: »Einmal, es war im Sommer 1921, die anderen Familienmitglieder waren auf Sommerurlaub, da kam Stülpnagel zu mir und verlangte, daß im Zimmer der beiden Buben die Vukobrankovics wohnen solle. Das habe ich natürlich energisch abgelehnt.«

Vorsitzender: »Wie hat sich Ihr Schwiegersohn dazu verhalten?«

Zeugin: »Damals war er sehr wütend.«

Vorsitzender: »Es liegt eine lieblose Äußerung vor, welche die Vukobrankovics einmal gemacht hat. Wie kann man nur über eine Dame so sprechen, an deren Schmerzen man selbst schuld ist? Eine arme Frau noch so zu verhöhnen.«

Angeklagte: »Und eine andere arme Frau, die monatelang in Einzelhaft war, auch so krank und ohne Pflege, die verhöhnen Sie, Herr Hofrat. Wenn er in einer Aufwallung von Erbitterung auch nur ein Wort zu viel sagt. Ich bin doch auch ein Mensch.«

Nun riß zwar nicht dem Richter, aber dem Publikum bei dieser plumpen Äußerung die Geduld, und man hört Rufe von den Tribünen: »Sie ist selbst schuld.« Die alte Frau Konegen wendet sich zur Angeklagten:

»Sie haben ja keinen Begriff, was ich gelitten habe. Die Kinder, die Enkel, die ich aufgezogen habe, sah ich sich in Schmerzen winden, auf dem Fußboden liegen, die Hände emporkrallen. Fünfzehnmal in einer Nacht ist so ein armes Kind hinausgegangen.«

Vorsitzender: »Bitte, keine Übertreibung.« (!)

Zeugin: »Ich übertreibe nicht, es war wirklich fürchterlich.«

Angeklagte: »Auch ich habe in der Einzelzelle dieselben Schmerzen gelitten, und auch eine andere Mutter hat vielleicht noch mehr gelitten als diese alte Frau, die ich ja von Herzen bedauere.«

Vorsitzender: »Mit Bedauern ist es nicht getan, hätten Sie kein Gift verwendet.«

Angeklagte (*eindringlich*): »Seien Sie doch nur einmal fünf Minuten lang Mensch und nicht immer Richter.«

Der Vorsitzende hält der Angeklagten verschiedene häßliche Äußerungen vor, die sie vor dem Untersuchungsrichter über die alte Frau Konegen gemacht hat.

Angeklagte: »Ich gebe das zu und bedaure, daß ich in meiner Verteidigung zu weit gegangen bin. Wenn Sie mich aber richtig beurteilen wollen, so müssen Sie erlauben, daß ich meinen Zustand schildere, aus dem heraus diese Verteidigung entstanden ist. Ich war selbst krank. Während aber die anderen Erkrankten ins Sanatorium gekommen sind oder zu Hause gut gepflegt wurden, kam ich in eine Einzelzelle, wo ich frieren und hungern mußte und ohne Pflege war. Durch Hintertüren habe ich erfahren, daß man über mich Böses geschrieben und gesprochen hat. Ich habe keinen einzigen Freund gehabt, mit meinem Verteidiger konnte ich nicht sprechen, (*weinend*) es war ein Zustand, wie eine Art: Verfolgungswahn. Man sieht nur Feinde um sich, man haßt alle, man verflucht alle, auch sich selber.«

Vorsitzender: »Ich habe Sie jetzt aussprechen lassen, damit die Herren Geschworenen nicht meinen, daß ich Ihre Redefreiheit beschränken will. Wir wissen, was Sie mitgemacht haben, vielleicht durch Ihre eigene Schuld.«

Angeklagte: »Ich muß ein Wort sprechen. Ich hätte vieles aufgeklärt. Gerade diesem Untersuchungsrichter hätte ich vieles gesagt. Aber ich habe immer wieder das Gefühl gehabt, man versteht mich doch nicht, man hält alles für Heuchelei. Ich habe niemanden töten wollen, um des Himmels willen, und immer wieder kommt man mir mit der Mordsache. Es ist gräßlich! Ich kann nimmer!«

Nach diesen Worten eilt die Angeklagte aus dem Saal. Unter der Bezugnahme auf den Vorwurf der Angeklagten, daß die Mutter der Frau Stülpnagel die Familie beeinflußt habe, belastend auszusagen, verliest der Vorsitzende einen Brief der Frau Konegen an den Untersuchungsrichter. In dem langen Schreiben heißt es unter anderem:

»Da junge Leute ihre Leiden schnell vergessen, so möge bei passender Gelegenheit die Erinnerung aufgefrischt werden. Das Anhören ihrer Leiden ist lange nicht so erschütternd, als wenn man es erlebt. Ich habe die beiden Buben dahinsiechen sehen, während meine Tochter wimmernd darniederlag. Sie dürfen das nicht als Bosheit auslegen, wenn ich mich bemühe, auf welche Weise die Vukobrankovics überführt werden könnte. Es ist nämlich schrecklich, wenn es sich ereignen könnte, daß sie sich auch fernerhin unter dem Deckmantel der Gefälligkeit in eine Familie einschleicht und ihr gefährlich wird.«

Vorsitzender: »Nun, dieser Brief ist doch kein Verbrechen.«

Zeugin Konegen ruft aus: »Jede Mutter würde so handeln.«

Der nächste Zeuge ist der Hausarzt in der Familie Vukobrankovics. Er berichtet: »Der Vater war an Paralyse erkrankt, erlitt einen Tobsuchtsanfall. Milica war damals erst dreizehn Jahre alt und gerade in der Entwicklung begriffen. Sie hat durch die Anfälle ihres Vaters schwer gelitten, war aber trotzdem ruhig, energisch und hat den Kopf nicht verloren. Sie war intellektuell ihrer Mutter weit überlegen. Sie war wohl launenhaft und zurückhaltend, ihrem Vater gegenüber hatte sie aber viel Mitgefühl.«

Am nächsten Verhandlungstage wurde das Zeugenverhör fortgesetzt, und zuerst wurde die Ärztin Dora Teleki vernommen, welche die Angeklagte noch aus der Zeit kannte, da dieselbe noch in der Lehrerbildungsanstalt studierte. Sie bezeichnet die Vukobrankovics als hochintelligent, sie hätte auch später noch viel mit ihr verkehrt und gibt an, die Angeklagte sei immer sehr korrekt gewesen.

Verteidiger: »Ist Ihnen Lügenhaftigkeit an der Vukobrankovics aufgefallen?«

Vorsitzender: »Man lügt ja nicht bei jeder Gelegenheit.«

Verteidiger: »Im Privatleben hat sie nicht gelogen. Sie hat nur hier kein Geständnis abgelegt. Kein einziger Mensch hat gesagt, daß sie lügt.« (Als ob die Verleumdung des jungen Piffl, er habe den Topf mit Opium und Phosphor herbeigeschafft, um seine Eltern zu vergiften, keine Lüge wäre.)

Auf weiteres Befragen des Vorsitzenden erklärt die Zeugin, daß die Angeklagte als Schülerin der Stolz der Anstalt und außerordentlich beliebt war.

Vorsitzender: »War sie auch noch der Stolz der Anstalt, als sie noch in Haft war und dann verurteilt wurde?«

Zeugin: »Dann hat man natürlich verschiedenes gesprochen.«

Vorsitzender: »Man lernt den Menschen oft erst später kennen, außer es war das Urteil von 1918 ein Fehlurteil.«

Angeklagte: »Das Urteil braucht kein Fehlurteil gewesen zu sein, und man braucht den Menschen nicht erst später kennenzulernen, aber man darf eben aus einer einzelnen Verzweiflungstat nicht den ganzen Menschen beurteilen, verwerfen und verurteilen.«

Es entspinnt sich nun eine Diskussion über den Ankauf von Staubzucker. Die Angeklagte erklärt zu diesem Punkt, Stülpnagel hätte ihr den Auftrag gegeben, Zucker zu kaufen. Da habe sie vielleicht im Scherz gesagt: »Im übrigen ist es vielleicht besser, Staubzucker zu kaufen, denn die Buben fressen den Würfelzucker.«

Zeugin: »Das war ein Witz.«

Sehr empfindlich wird die Angeklagte, sobald die Rede auf die geschäftliche Lage des Unternehmens kommt.

Vorsitzender: »Wie war die geschäftliche Lage des Unternehmens damals?«

Die Angeklagte erhebt sich und sagt: »Es ist sehr merkwürdig vielleicht, daß ich die Interessen eines Zeugen schütze, aber ich glaube, diese Dinge gehören nicht hierher.«

Vorsitzender: »Sie wissen ja nicht, aus welchem Grunde ich frage.«

Angeklagte: »Vielleicht in meinem Interesse?«

Vorsitzender: »Vielleicht auch nicht.«

Angeklagte: »Aber ich glaube, daß man doch Rücksicht nehmen könne, daß Herr Stülpnagel nicht auch noch in geschäftlicher Hinsicht geschädigt werde.«

Vorsitzender zu den Geschworenen: »Es handelt sich nämlich um eine Äußerung ...«

Angeklagte: »Man könnte das vielleicht, wenn man es schon vorbringt, in nichtöffentlicher Sitzung erwähnen.«

Vorsitzender: »Warum denn? Die Angeklagte hat nämlich einmal gemeint, es wäre doch ein Unsinn gewesen, mich in ein Geschäft hineinsetzen zu wollen, das schlecht geht.«

Diese Äußerung ist wichtig, nicht als zureichendes Motiv, sondern eben nur als Beweis für die völlige Planlosigkeit der inkriminierten Handlungen; ebenso hat sie, mit dem Giftmord wie mit einem Ball spielend, im ersten Fall gesagt: »Ich hätte eine Fürstin umbringen müssen, nicht eine Frau Piffl.« Wie unsinnig ist erst das Motiv der Rache, denn es stellt sich wirklich heraus, daß hier im Geschäftsleben ein empfindlicher Punkt bei beiden, dem Mann wie bei der Frau, zu treffen ist. Und da sie jetzt noch seine geschäftliche Ehre selbst auf eigene Kosten und Gefahr hochzuhalten sucht, sieht man, wie sehr der Mann recht hatte, sich auf sie als »Bürokraft« zu verlassen.

Angeklagte: »Ich habe es leider gesagt, aber ich habe mir gedacht, das Gericht wird schon diskret sein, solche Dinge nicht in der Öffentlichkeit zu behandeln. Ich habe es ja leider gesagt, aber mein Gott ...«

Verteidiger: »Eine der tausend Wendungen, die man gebraucht.«

Angeklagte: »Es ist keine der Wendungen, ich kann ja die Sache erklären, ich kann sie verallgemeinern. Gerade in dieser Zeit haben alle Buchhändler geklagt.«

Nun wird als Zeugin eine untergebene Kontoristin vernommen. Sie war erst gleichgestellt mit der Angeklagten, dann wurde die Vukobrankovics ihre Vorgesetzte.

Vorsitzender: »Hat sie sich dann anders benommen?«

Zeugin: »Sie ist in jeder Beziehung gleich geblieben.«

Vorsitzender: »Ist sie auch sonst entgegenkommend gewesen?«

Zeugin: »Sie war immer hilfsbereit und gerecht.«

Verteidiger: »Wollen Sie uns das präzisieren?«

Zeugin: »Ja, wenn jemand ein Anliegen gehabt hat, so hat sie das Gewünschte wohlwollend getan und befürwortet.«

Verteidiger: »Hat sie dem Geschäfte bedeutende Dienste geleistet?«

Zeugin: »Ja, sehr bedeutende.«

Verteidiger: »Haben Sie es begreiflich gefunden, daß sie bald im Geschäfte eine dirigierende Stellung erhielt?«

Zeugin: »Bei ihren hohen geistigen Fähigkeiten, ja.«

Verteidiger: »Haben Sie gemerkt, daß sie jähzornig ist?«

Zeugin: »Ich habe stets ihre hohe Selbstbeherrschung bewundert.«

Vorsitzender: »Ist Ihnen an dem Zustand der Angeklagten in dieser Zeit nichts aufgefallen?«

Zeugin: »Nein.«

Angeklagte: »Weil ich meinen Zustand doch zu verbergen trachtete.«

Vorsitzender: »Das ist Ihnen auch gut gelungen. Jedenfalls gibt es aber auch Zustände, die man nicht verbergen kann. Wenn eine Frau eine Fehlgeburt hat, muß sie liegen. (*Zur Zeugin*) Sind Ihnen besondere Reinigungsarbeiten im Büro aufgefallen?«

Zeugin: »Nein, ich habe mich persönlich an den Reinigungsarbeiten beteiligt.«

Vorsitzender: »Sie waren die Kontoristin, die Angeklagte aber war die zweite Chefin und hat auch mitgeholfen.« (Die Aussage ist deshalb wichtig, weil offenbar die Reste der vergifteten Lebensmittel aus dem Büro von der Angeklagten trotz ihres leidenden Zustandes fortgebracht wurden.)

Angeklagte: »Herr Präsident, Arbeit schändet nicht.«

Vorsitzender: »Warum haben Sie nicht dem Diener befohlen, er hat ja gesagt, er wolle den Raum aufräumen, und Sie haben es trotzdem selbst besorgt. Wäre es nicht möglich, daß Sie es aus dem Grunde getan haben, damit das Bleiweiß, das, wie Sie zugeben, damals schon im Büro war, nicht gesehen werde?«

Angeklagte: »Erstens waren die Reinigungsarbeiten notwendig, und zweitens wollte ich Herrn Stülpnagel eine Freude damit machen. Er hat sich immer kindisch gefreut, wenn er ins Büro kam und alles rein war.«

Der Kunstkritiker und Schriftsteller Artur Rößler, der mit der Angeklagten gesellschaftlichen Verkehr gepflogen hatte, wurde nun vernommen. Der Verkehr sei sehr anregend und gemütlich gewesen. Er schätze die Vukobrankovics als ungewöhnlich intelligente, sehr liebenswürdige Dame, und nur eines habe ihn und seine Frau befremdet, nämlich ihr Verhalten zu ihrer Mutter. Sie benutzte nämlich ein Zimmer allein für sich als Schlafraum, während die Mutter draußen auf einer Bank schlafen mußte. Wir haben das als ungehörig empfunden, sagt der Zeuge.

Verteidiger: »Was hat denn Milica dazu gesagt?«

Zeuge: »Sie erklärte uns, daß ihre Mutter nicht im Zimmer schlafen *wolle* , da es sonst zu unordentlich aussehen würde, und die Mutter hat uns gegenüber dasselbe gesagt.«

Verteidiger: »Ihre Mutter hat sie eben sehr verhätschelt.«

Nach Erörterung von Zusammenkünften und Ausflügen richtet der Staatsanwalt an den Zeugen einige Fragen. Besonderes Gewicht legt er darauf, zu erfahren, ob dem Zeugen Anfang Juli nicht eine Wesensveränderung aufgefallen sei. Sie selbst behaupte, daß sie sich damals in einer Art Ausnahmezustand befunden habe. (Offenbar die »Parzellierung« des Bewußtseins. Aber es lag nur eine Einengung vor; Gegenkräfte, Gegenleidenschaften, Gewissenskonflikte waren nie vorhanden, und dieses Fehlen macht sie zur echten Verbrecherin, obwohl sie doch zaghaft an ihre Taten heranging.)

Zeuge: »Mir ist damals allerdings ihr verändertes Wesen aufgefallen. Denn sie war wortkarg und bekundete wenig Interesse an einem Weihnachtsspiel, das ich ihr damals vorlas.«

Nun erkundigte sich der Vorsitzende, ob der Zeuge etwas von dem Verhältnis zwischen Stülpnagel und der Vukobrankovics gewußt habe.

Zeuge: »Erst durch den Brief bekam ich die erste Mitteilung, aber geglaubt habe ich nicht daran.«

Vorsitzender: »Beide waren eben gute Schauspieler.«

Angeklagte: »Bei mir war es nicht Schauspielerei, daß ich das Liebesverhältnis verschwiegen habe, sondern weibliche Scham, doch das können Sie nicht verstehen.«

Nun muß von einem Brief gesprochen werden, den die Vukobrankovics dem Stülpnagel ins Sanatorium sandte, und dessen Übermittlung der Zeuge besorgt hat.

Verteidiger: »Glauben Sie, daß der erwähnte Brief den Zweck hatte, Herrn Stülpnagel in seiner Aussage zu beeinflussen?«

Der Zeuge schweigt nachdenklich, aber die Vukobrankovics springt erregt auf: »Schuld an dem Brief (*dessen sie selbst belastende Wirkung sie gleichzeitig unnötigerweise zugibt, bloß um ihrem augenblicklichen Zornimpuls freien Lauf lassen zu können*) trägt nur das schlechte Gesetz, das dem Untersuchungshäftling verbietet, mit seinem Verteidiger zu sprechen. Diesen Brief bedauere ich, weil er eine Unanständigkeit gegen den Untersuchungsrichter darstellt, dem ich dankbar sein muß.«

Im weiteren Verlaufe sucht der Verteidiger nachzuweisen, daß es die Angeklagte war, die »das Rad aufgehalten hat«, das heißt, daß sie aus eigenem Antrieb dafür gesorgt hat, daß die vergifteten Lebensmittel wieder aus dem Hause Stülpnagel verschwinden.

Verteidiger: »Es ist nämlich außerordentlich wichtig, festzustellen, an welchem Tag der Arzt seinen Besuch bei Stülpnagel gemacht hat. Es war nämlich das der Tag, an dem die Angeklagte das dringende Ersuchen gestellt hat, die vergifteten Lebensmittel beiseite zu räumen und nicht zu verwenden, und sie behauptet, die erste gewesen zu sein, die darauf gedrängt hat. (*Zu Dr. Markus*): Haben Sie jemals den Rat erteilt, daß die Lebensmittel beiseite geschafft werden?«

Arzt: »Ich kann mich absolut nicht daran erinnern.«

Der Vorsitzende stellt aber doch fest, daß der Zeuge einen ähnlichen Rat gegeben hat; das Rad war eben nicht von der Angeklagten aufgehalten worden.

Vorsitzender: »Es ist ja keine Schande, wenn Sie selbst die Bleiweißvergiftung nicht erkannt haben. Sagen Sie uns ungeniert, ob Sie selbst darauf gekommen sind oder ob Sie jemand darauf aufmerksam gemacht hat.«

Arzt: »Ich habe es selbst gefunden.«

Daraus geht hervor, daß der Arzt, offenbar der Bezauberung der Angeklagten erliegend, eine unrichtige Aussage gemacht hat. Am nächsten Tage macht ihm der Vorsitzende den Vorwurf falscher Zeugenaussage, wird aber, prozeßtechnisch sicher kein alltäglicher Fall, vom Verteidiger zurückgewiesen und muß, obgleich im Recht, schweigen.

Am dritten Verhandlungstage entrollte der Berichterstatter einer großen Zeitung folgendes Stimmungsbild; es ist deshalb schon sehr interessant, weil aus ihm die eigenartige Atmosphäre hervorgeht, welche die Vukobrankovics um sich zu verbreiten gewußt hat.

Es ist der Tag der kleinen Episoden. Flatternde und leicht zerflatternde Geschichten werden von einer langen Reihe Zeugen vorgetragen. Sie gehören nicht unmittelbar zum Gegenstand, sind nicht anklägerisch, auch nicht recht entlastend. Ein paar neue Striche werden dem Bilde der Vukobrankovics hinzugefügt, einige Flecken Schatten, dann wieder Licht: Sie war sympathisch, verläßlich, tüchtig, fleißig. Mit einem Wort, bestens zu empfehlen. Wenn einer vielleicht einen Vertrauensposten offen hat .... Es wird überhaupt furchtbar viel Porträt gepinselt.

Dazwischen fällt das Wort Bleiweiß, stört freundliche Harmonien. Es wird auch von den vergifteten Lebensmitteln gesprochen. Der Untersuchungsrichter soll ergänzende Angaben machen. Aber er kommt schlecht an. (Wiewohl er in nicht nur rein amtlicher Eigenschaft, sondern vielleicht als einfacher Zeuge über Wahrnehmungen berichten könnte, die nicht unbedingt in den Akten stehen müssen, die Umfangsgrenzen haben.) Der Verteidiger Dr. Kraszna widerspricht temperamentvoll, nicht formell, aber faktisch mit Erfolg. Der Kampf vollzieht sich nicht in heftigem Streit, mehr in gereizten Reibungen, wobei der Staatsanwalt hauptsächlich die Rolle des stillen Beobachters beibehält. Wenn Milica etwas gegen den Gang des Beweisverfahrens einzuwenden hat, dann erhebt sie sich einfach mit der ihr eigenen Geschmeidigkeit, rassig, anmutig und löscht mit dem satten Wohlklang der Stimme für eine Weile alles andere aus. Das sind die wenigen starken Momente inmitten der unruhig flackernden, zumeist langsam hingeschleppten Erörterungen im Gerichtsschauspiel. Dann bewundert man ihre Bühnenwirksamkeit. Sie spricht Bonmots, übernimmt irgendeinen ihr gemachten Vorwurf, wendet ihn mit geistreicher Dialektik blitzschnell und pointiert damit gegen einen belastenden Umstand. Ihre Hände vollführen dabei eine winzige Geste, eine anmutig weiblich modulierte Bewegung von eigentümlichem Reiz; dann setzt sie sich gelassen, ohne daß sich nur ein Zug in ihrem Gesicht ändert, das ganz patiniert ist mit feingeistiger Distinktion. Aber es sind nur Momente.

In der Mehrheit sind Miszellenberichte über die Vukobrankovics, über Stülpnagel, über beide. Buchhalter kommen, Angestellte, Freunde, der Arzt. Es ist viel unsicheres Licht über den Erinnerungen. Mein Gott, es sind anderthalb Jahre her seit den kritischen Ereignissen, oft noch längere Zeit. Manchmal hängen an den Erzählungen spinnwebdünne Tatsachen, ein Eindruck, der eine bestimmte Farbe trägt, eine imponderabile Beobachtung, die vielleicht im Zusammenhang mit konsistenterem Material Bedeutung erlangt. Auch der erste Prozeß spukt in den zweiten hinein. Schließlich gibt es Episoden, die sich vor der Zuhörerschaft nicht mit der Wirkung behaupten, die sie verdienen würden. Wahre Menschlichkeiten. So das Erscheinen der Mutter der Milica. Man sieht die dunkelgekleidete Dame vor der Barre stehen, ebenso schlank, von der gleichen Rasse wie die Tochter. Sie scheint vollendete Ruhe. Bloß die weiß behandschuhten Hände, mit denen sie sich auf das Holzgestell stützt, zittern. Sie spricht von dem Unglück, das sie erduldet hat, vom Gatten und den anderen Familienmitgliedern, die dem Wahnsinn verfallen sind, still, gelassen. Sie muß das alles im öffentlichen Verhandlungssaal sagen, vor vielen hundert fremden Menschen und tut es anscheinend mit vornehmer Fassung. Doch ihre Hände, in den offiziellen, weißen Handschuhen, vibrieren unablässig, geben ihre Erschütterung preis. Sie hat keine Macht über die Hände. Es packt tragisch, wie an der schwarzen, feinen Frauengestalt die weißen Hände beben. Ob sie es wohl gefühlt hat: die Menschenmauer hinter sich, den Moloch der Neugierde usw. usw. ...«

An den Zeugenaussagen interessiert folgendes:

Die Angeklagte hat sich viel mit Büchern beschäftigt, wie aus dem ersten Prozeß hervorging.

In dem damaligen Prozeß hat nun ein Buch des Staatsanwalts Wulffen: »Psychologie des Giftmordes« eine große Rolle gespielt. Nun wird ein Zeuge, ein Geschäftsdiener bei Stülpnagel, namens

Schneider, vorgerufen, der im allgemeinen der Vukobrankovics das beste Zeugnis ausstellt.

Vorsitzender: »Als Fräulein Vukobrankovics im Dezember 1921 krank war, haben Sie sie in der Wohnung besucht. Dabei sollen Sie eine besondere Beobachtung gemacht haben.«

Zeuge: »Auf dem Tisch lag ein Buch, an den Titel kann ich mich nicht genau mehr erinnern, es war etwas mit Physiologie oder Psychologie.«

Vorsitzender: »Vielleicht die Psychologie des Giftmordes?«

Zeuge: »Vielleicht hat es so geheißen, genau weiß ich das nicht mehr.«

Vorsitzender(*zur Angeklagten):* »Haben Sie das Buch damals auf dem Tisch liegen gehabt?«

Angeklagte: »Ganz gewiß nicht. Nur einmal, nach dem Jahre 1918 habe ich mir dieses Buch, das in meinem ersten Prozeß eine so unselige Rolle gegen mich gespielt hat, von Dr. Seifert zum Lesen geliehen, habe es ihm aber bald zurückgegeben.«

Verteidiger: »Das Buch war in Wien vergriffen, und ich habe tagelang arbeiten müssen, um es mir zu verschaffen.«

Vorsitzender: »Die Angeklagte aber ist im Buchhandel versiert und hat es sich leicht verschaffen können.«

Angeklagte: »Wenn Sie mir schon das Kompliment machen, Herr Hofrat, daß ich hier versiert bin, dann lassen Sie sich auch darüber belehren, daß ein vergriffenes Buch auch für den Buchhändler nicht zu haben ist.«

Staatsanwalt: »Ich habe das Buch sofort bekommen.«

Verteidiger: »Ich konstatiere, Fräulein Vukobrankovics wurde auf der Straße verhaftet, nach der Verhaftung fand sofort eine Hausdurchsuchung statt, das Buch wurde aber bei ihr nicht gefunden.«

Angeklagte: »Ich hätte das Buch damals noch ungeniert in meinem Besitz haben können. Mein erster Prozeß war ja doch erledigt. Was hätte denn mir der Besitz des Buches schaden können? Hätte ich das Buch gehabt, ich würde es ruhig eingestehen.«

*(Dabei ist es vollkommen nebensächlich, ob sie das Buch wirklich beses-
sen hat oder nicht, da die Angeklagte ja spontan zugibt, es gekannt zu
haben, und ich erwähne dieses kurze Verhör nur deshalb, weil sich daran
eine sehr eigenartige Äußerung der Vukobrankovics anschließt. Meiner
Ansicht nach die einzige, die die geistige Superiorität dieser Frau beweist.
Mit dieser Äußerung scheint sie tatsächlich über der Sache zu stehen. Es
handelt sich um folgende Äußerung:)*

Ein Geschworener: »Fräulein Angeklagte, hat Sie dieses Buch
von Wulffen wirklich interessiert?«

Angeklagte*(eifrig):* »Aber natürlich. Nach dem Prozeß hatte ich
doch ein großes Interesse daran, das Buch kennenzulernen, das als
Beweis gegen mich geführt wurde. Ja, ich habe es gelesen.«

Vorsitzender: »Nun endlich.« *(Vor zehn Minuten hat die Angeklagte
selbst zugegeben, daß sie das Buch von Dr. Seifert ausgeliehen und es
gelesen habe. Die uns interessierende Äußerung ist aber folgende.)*

Angeklagte: »Herr Hofrat, wenn eine Köchin einen Apfelstrudel
machen will, kauft sie sich ein Kochbuch, sie wird sich aber kein
Buch »Die Psychologie der Köchin« kaufen. Wenn ich einen Giftmord plane, würde ich mir ein Buch über Gifte, aber nicht über die
Psychologie des Giftmörders kaufen.«

Darauf weiß der unbeholfene Vorsitzende natürlich nichts zu
antworten. Hätte er aber einen Blick in ein derartiges Buch über die
Psychologie des Giftmörders geworfen – mir selbst lag es leider
nicht vor –, so hätte er wohl auch in dem Buch über Gift-
Psychologie Tatsachen und Berichte und Details aller Art über die
reale Wirkung und die kluge Auswahl der Gifte gefunden.

Nun wird Ernst Stülpnagel vernommen, ob er von einem Selbstmordversuch der Angeklagten wisse. Auch dies ist sehr charakteristisch, und es ist nur bedauerlich, daß diese Frage nicht richtig ge-
klärt worden ist. Denn wie ich oben sagte, zeichnen sich die klassi-
schen Giftmörderinnen durch eine außerordentliche Ruhe und Heiterkeit aus. Wenn die Vukobrankovics also einen ernstlichen
Selbstmordversuch unternommen hätte, würde das mit dem typischen Charakterbild einer Brinvilliers oder Gottfried nicht überein-
stimmen.

Der Zeuge erzählt, daß er eines Tages in die Wohnung der Vukobrankovics gekommen sei, er habe sie in großer Depression vorgefunden, die Handgelenke waren mit einem Verband umgeben, und auf seine Frage erfuhr er, daß sie sich in einer Badeanstalt mit einer Nagelschere stark verletzt hätte, hierbei umgefallen und vom Arzt, der sie verbunden hatte, nach Hause gebracht worden ist.

Vorsitzender*(zum Zeugen):* »Wie sah der Verband aus?«

Zeuge: »Es war über Gaze Heftpflaster geklebt in großen Streifen.«

Vorsitzender: »Was war die Ursache des Selbstmordversuchs nach Ihrer Meinung?«

Zeuge: »Das Fräulein Vukobrankovics befand sich damals, im April glaube ich, war es, in der ärgsten Gemütsverfassung. Es hatte tags vorher wieder Auseinandersetzungen gegeben wegen ihrer schiefen Stellung, wie sie sagte.«

Vorsitzender: »Glauben Sie, daß es wirklich ein Selbstmordversuch war, oder war es vielleicht so ein Hungerstreik, bei dem sie doch gegessen hat?«

Der **Verteidiger** erhob sich erregt: »Wir können nicht verlangen, daß die Angeklagte sich hier entkleidet, aber sie ist nur Haut und Bein, und Sie, Herr Präsident, haben selbst gefürchtet, ob Sie die Verhandlung werden durchführen können und haben ihr zugeredet, doch zu essen, sie werde sonst zusammenbrechen.

Ferner wäre folgendes interessant als ein kleiner Beweis für die suggestive Kraft dieser Frau.

Der Zeuge Stülpnagel kommt noch einmal auf das telephonische Gespräch mit dem Arzt am 3. Juli zu sprechen. Er meint, er wisse es nicht genau, daß Fräulein Vukobrankovics die Anregung gegeben hat, die Lebensmittel zu Hause zu beseitigen, und daß er auch mit dem Arzt über die Wegräumung dieser verdächtigen Lebensmittel gesprochen habe.

Angeklagte: »Ich möchte doch Herrn Stülpnagel bitten, sich an das zu erinnern, was ich ihm damals sagte: er möge die Lebensmittel wegräumen.«

Zeuge: »Ich glaube mich zu erinnern.«

Angeklagte*(heftig zum Zeugen):* »Sie wollen es nicht sagen. Es ist ein hartes Wort, aber an so etwas muß man sich erinnern.«

Der Vorsitzende richtet nun mehrere Fragen an die Angeklagte, die Konstatierungen aus den Akten verlangen. Die Vukobrankovics steht einige Augenblicke später auf und sagt: »Herr Präsident, darf ich eine Frage stellen?«

Vorsitzender: »An wen?«

Angeklagte: »An Sie, Herr Vorsitzender, möchte ich nur eine einzige Frage stellen.«

Vorsitzender*(erstaunt):* »An mich?«

Angeklagte: »Jawohl. Ich möchte Sie nämlich fragen, hängt es mit dem Beamtenabbau zusammen, daß der Vorsitzende auch die Geschäfte des Staatsanwalts besorgt?« *(Lebhafte Heiterkeit)* . Ehe noch die Angeklagte ausgesprochen hat, winkt ihr Hofrat Haerdtl mit der Hand ab und sagt: »Setzen Sie sich.«

Es folgt das Verhör der Mutter. Sie erzählt zunächst, wie ihre Tochter nach der Haftentlassung gelebt hat.

Vorsitzender: »Hat Sie Ihnen von ihren Beziehungen zu Stülpnagel erzählt?«

Zeugin: »Ich habe nichts davon gewußt.«

Vorsitzender: »Fiel Ihnen seit Januar 1922 eine Veränderung auf?«

Zeugin: »Meine Tochter hat sehr schlecht ausgesehen, was ich für eine Folge von Überarbeitung hielt. Dann wurde es besser, später sah sie wieder sehr schlecht aus. Sie aß nichts anderes als Milch und war sehr nervös.«

Vorsitzender: »Hat sie Ihnen nichts gestanden?«

Zeugin: »Nein, sie war sehr verschlossen, auch mir gegenüber.«

Vorsitzender: »Wie haben Sie sich denn mit ihr vertragen?«

Zeugin: »Sehr gut. Sie war immer ein liebes und gutes Kind zu mir.«

Vorsitzender: »Aber Geschenke hat sie Ihnen nie gemacht?«

Zeugin: »O doch, bis ich es ihr verboten habe.«

Vorsitzender: »Wir finden es aber für lieblos, daß die Tochter allein das elegante Zimmer bewohnte, während die Mutter im Vorzimmer schlafen mußte.«

Zeugin: »Ich bitte, das war nur meine Schuld. Ich wollte dem armen Kind, das so viel mitgemacht hatte, den Luxus eines eigenen Wohnraumes nicht nehmen.«

Ferner berichtet die Mutter: Ihr Mann sei an Paralyse gestorben. Desgleichen eine Halbschwester des Vaters und deren Tochter, so wie ein Cousin, letzterer an Größenwahn.

Verteidiger: »Also die ganze Familie durchseucht.«

Vorsitzender: »Ihre Tochter ist ein Siebenmonatskind und hat alle Kinderkrankheiten durchgemacht?«

Zeugin: »Ja. In der Schule war sie immer die erste, sie war sehr fleißig und hat außerdem sehr leicht aufgefaßt. Sie war die jüngste Bürgerschullehrerin in Wien.«

Vorsitzender: »Sie sagten, daß sie zwei Seelen in ihrer Brust hat. Was meinen Sie damit?«

Zeugin: »Sie war oft geistesabwesend.«

Vorsitzender: »Im vergangenen Frühjahr soll Ihre Tochter plötzlich den Wunsch geäußert haben, in dem Zimmer, wo Sie sonst mit ihr schliefen, allein zu schlafen. Warum?«

Die Zeugin schweigt.

Vorsitzender: »Wenn diese Frage Sie aufregt, gehen wir darüber hinweg. Sie leben jetzt achtundzwanzig Jahre mit Ihrem Kind zusammen. Wie erklären Sie es, daß dieses hochbegabte Mädchen zum zweitenmal im Schwurgerichtssaale erscheint?«

Zeugin: »Weil sie krank ist.«

Verteidiger: »In welcher Art?«

Zeugin: »Ist ein Trieb nicht Krankheit?«

Verteidiger: »Haben Sie bei Ihrer Tochter impulsive Handlungen bemerkt?«

Zeugin: »Gewiß, sie gleicht darin ihrem Papa.«

Vorsitzender: »Er hat den Eindruck eines Blödsinnigen gemacht, was man von Ihrer Tochter nicht behaupten kann.«

Verteidiger: »Was haben Sie sonst noch an ihr beobachtet?«

Zeugin: »Verschiedene Eigentümlichkeiten. Seit 21 Jahren lebe ich in der Angst, daß Milica wie ihr Vater in geistige Umnachtung fällt. Wenn sie sich aufregte, merkte ich, daß das rechte Auge abweicht. Mitunter konnte ich meine Angst nicht verbergen, sie las in meinem Blick und sagte mir dann immer: ›Was schaust du mich schon wieder so forschend an? Fürchtest du, daß mir das Schicksal des Vaters werde?‹«

Verteidiger: »Sie erzählten mir noch von einer anderen Eigentümlichkeit ihres Wesens.«

Zeugin: »Ja, wir waren einmal dreieinhalb Wochen in Venedig, haben alle Galerien und Museen besucht, so daß ich ihr schließlich sagte: ›Nun kannst du ein ganzes Buch über deine Eindrücke schreiben.‹ Nach der Heimkehr hatte sie sich aber von der Venediger Reise nichts gemerkt als die Markuskirche.«

Verteidiger: »Auf einmal also eine leere Strecke im Gehirn. Das sagt auch die Fakultät, daß bei ihr Zeiten sind, wo ihr Gedächtnis vollkommen versagt.«

Ein Geschworener: »Frau Zeugin, wie war denn Ihr Mann vor seiner Krankheit, war er auch so intelligent wie seine Tochter?«

Zeugin: »Nicht im entferntesten.«

Ein Geschworener: »Der Zeuge Schneider hat uns gesagt, daß er in Ihrer Wohnung das Buch ›Psychologie des Giftmordes‹ gesehen hat. Stimmt das, gnädige Frau?«

Zeugin: »In meinem Hause war das Buch nie.«

Vorsitzender: »Ihres Wissens nicht, aber es war doch in Ihrem Hause. Die Angeklagte gibt das selbst zu.«

Zeugin: »Ich habe mich für alle Bücher meiner Tochter interessiert. Dieses Buch habe ich nie gesehen. Mit Rücksicht auf den ersten Vorfall hätte ein solches Buch mich doch sehr ängstlich gemacht. Aber es war wirklich nicht im Hause.«

Das nun folgende Verhör findet mit einer Graphologin und Chiromantin statt, die von der Angeklagten trotz ihrer angeblichen »glänzenden Intelligenz« des öfteren aufgesucht worden ist.

Vorsitzender: »Sie kennen die Angeklagte?«

Zeugin: »Sie war einigemal bei mir, um sich wahrsagen zu lassen. So etwa vor vier Jahren, als man von der ersten Sache noch nichts gewußt hat.«

Vorsitzender: »Ist Ihnen etwas an ihr aufgefallen?«

Zeugin: »Sie war so schrecklich zurückhaltend, ganz furchtbar.«

Vorsitzender: »Erinnern Sie sich, was Sie ihr damals gesagt haben?«

Zeugin: »Ich habe ihr wahrgesagt, daß sie einen älteren, verheirateten Mann liebt (*Stülpnagel lernte sie aber erst zwei Jahre später kennen*), sie soll das aber sein lassen, weil sie ihn nicht erreichen wird.«

Vorsitzender: »Und was hat die Vukobrankovics erwidert?«

Zeugin: »Sie war so untröstlich, hat geweint und hat gesagt: Ach, wenn man einen so liebt. Sie hat hinzugefügt, daß es eine rein geistige Liebe ist, die mehr ist als die geschlechtliche. Das war in einem Ton gesagt, daß sie mir schrecklich leid getan hat und ich sie trösten mußte.«

Vorsitzender: »Fräulein Vukobrankovics, sind Sie wirklich einmal bei der Zeugin gewesen?«

Zeugin: »Ja, warum nicht, einige Male.«

Vorsitzender: »Vielleicht haben Sie sich damals in dem Zustande des parzellierten Bewußtseins befunden?«

Zeugin: »Mein Gott, was macht man denn nicht alles. Es sind Stimmungen ...«

Es wird nicht aufgeklärt, auf wen sich diese geistige, nicht geschlechtliche, angeblich so tiefe Liebe bezieht. Als die Wahrsagerin der Vukobrankovics einen Zettel mit einem frommen Gebet in die Hand drückt, wird dies vom Vorsitzenden gerügt. Die Angeklagte sagt dann mit rotem Gesicht, bittend: »Sie hat es doch gut gemeint,

Herr Hofrat«, und beginnt zu weinen. Es ist dies die erste Stelle, bei der der Prozeßbericht von wirklichen Tränen spricht.

Schließlich wird ein Journalist vernommen, der oft im Hause Vukobrankovics verkehrt hat. Er hat die Vukobrankovics degeneriert genannt. Dies sei der Inhalt eines Gespräches gewesen: Fräulein Vukobrankovics habe unter starken seelischen Depressionen gelitten, da sie in dem Glauben war, daß sie den Fluch, der auf dem Geschlechte Vukobrankovics laste, »auszubaden« habe.

Vorsitzender: »Haben Sie die Vukobrankovics für homosexuell gehalten?«

Zeuge: »Ja, aber ohne greifbaren Anlaß.«

Vorsitzender: »Fräulein Vukobrankovics hat gern starke Witze gemacht?«

Zeug: »Ja, aber nie unanständige.«

Nach unwesentlichen Angaben und Verhören wird nun die Verhandlung vertagt.

Am vierten Verhandlungstage erfolgt der Schluß des Beweisverfahrens. Die Zeugen werden zu Ende verhört, die Gutachten erstattet. Inzwischen sind einige Briefe aus dem Publikum an die Geschworenen abgeliefert worden, in denen offenbar der Versuch gemacht werden soll, die Geschworenen zu beeinflussen. An einem der früheren Verhandlungstage hat sich übrigens der Verteidiger sehr scharf gegen eine weibliche Geschworene gewendet, die durch Zurufe und beredtes Mienenspiel ihren Abscheu ausgedrückt hat, und er hat versucht, sie aus dem Geschworenenkollegium auszuscheiden. Der Antrag ist aber abgelehnt worden. Die eingelieferten Briefe werden übrigens ungelesen zu den Akten gelegt. Die Geschworenen wären zwar sehr vernünftigerweise dafür gewesen, der Vorsitzende möge sie öffnen, und lesen, denn sie konnten doch auch Sachliches, Wesentliches enthalten, und wenn sie bloß die Geschworenen beeinflussen wollten, brauchte er ja den Inhalt nicht weiterzugeben. Aber der Vorsitzende ging nicht darauf ein.

Zuerst wird die Zeugenaussage einer Lehrerin verlesen, die auch in dem ersten Prozeß eine Rolle gespielt hat und die allerhand belastende Dinge aus dem Vorleben der Angeklagten enthält. Unter anderen berichtet sie auch von Männern, die sich um die Vukobrankovics als Frau beworben haben sollen. Als nun ein Gerichtsbeamter bei der Verlesung auch den Namen eines solchen Mannes nennt, springt die Vukobrankovics erregt auf und ruft: »Bitte, Namen nennt man doch nicht.«

Vorsitzender: »Da hat sie recht.« (Er gibt Auftrag, bei der weiteren Verlesung die Namen fortzulassen.)

Bei der Verlesung einer anderen Aussage, die nicht günstig ist und die von dem Verhalten der Angeklagten während ihrer Schulzeit spricht, ruft die Vukobrankovics dazwischen: Das geht zu weit! Sie haben die Frau Dr. Teleki gehört, die gesagt hat, wie sehr mich der Lehrkörper schätzte. Wenn Sie jetzt diesen Klatsch aufgewärmt haben, so ist das Geschmackssache.

Nach diesen Worten will die Vukobrankovics den Saal eiligst verlassen.

Vorsitzender: »Bleiben Sie hier! Das werden wir auch abstellen!«

Die Vukobrankovics wird von Justizbeamten zurückgehalten und zu ihrer Bank zurückgeführt. Sie ruft aus: »Ich weiche der brutalen Gewalt. Es ist sehr hübsch, wenn Sie Gewalt anwenden müssen.«

Sie setzt sich nieder, springt aber gleich darauf wieder wütend auf und schreit: »Herr Hofrat, ich konstatiere wieder, daß Sie nicht objektiv sind. Ich bin nicht die einzige im Saale, die das konstatiert.«

Der Staatsanwalt spricht nun über die Gerichtspsychiater, die er als hochangesehene Psychiater bezeichnet. Jetzt lacht die Vukobrankovics und räuspert sich auffällig.

Vorsitzender: »Das ist eine neue Ungezogenheit. Ich nehme nur Rücksicht auf Sie, weil Sie ein Weib sind und etwas krank.«

In der Nachmittagsverhandlung bringt der Vorsitzende sehr interessante Bruchstücke aus einem viele Seiten langen Briefe an den Fürsterzbischof Piffl zur Verlesung.

»Wollen Sie ein übriges tun, dann bitte ich Sie, mit der hochmütigen Frau Inspektor (*seiner Schwägerin*) ein ernstes Wort zu sprechen ... Unter dem Schein des Edelmutes hat sie (*Frau Piffl*) nicht die Anzeige erstattet, um zu verhindern, daß meine Unschuld an den Tag kommt ... Wenn es einen gerechten Gott im Himmel gibt, dann wird die Gerechtigkeit die einzelnen Mitglieder der Familie Piffl schwer zur Verantwortung ziehen ... Die Piffls müßten sich bei mir bedanken, daß ich diese Schande nicht in die Welt hinausgerufen habe ... Diese Menschen, die keine Freundschaft halten wie ein Hund, sind ärger als diese. (!) Damit Sie ihnen das ungeheure Verbrechen vorhalten, das sie an mir begangen haben, es wenigstens teilweise wieder gutmachen, denn ganz kann das nie geschehen.«

Besonders wichtig folgende Stelle: »oder kann Albert (*der Stiefsohn Piffls*), der in seiner Jugend manche Abnormität gezeigt hat, nicht ebensogut der Täter sein wie ich?«

Vorsitzender: »Wollen Sie zu diesen Stellen aus dem Briefe eine Bemerkung machen?«

Angeklagte: »Der Brief hängt mit der Verleumdung zusammen, derentwegen ich ja schon befragt worden bin. Wollen Sie vielleicht, Herr Hofrat, hier eine zweite Verurteilung beantragen?«

Hier ist zu bemerken, daß der Vorsitzende gewiß eine zweite Verurteilung hätte beantragen müssen. Denn im ersten Prozesse war die Vukobrankovics doch nur aus Mangel an schlüssigen Beweisen von den Giftmordversuchen gegenüber der Familie Piffl freigesprochen worden. Nach ihrem Verhalten gegen die Familie Stülpnagel hat sie es aber bewiesen und durch schriftliches Zeugnis bestätigt, daß sie Giftmischerin, wenn auch vielleicht nicht Giftmörderin, ist. Dadurch gewannen alle Tatsachen des ersten Prozesses ein anderes Licht. Sie weiß dies genau und hat schon in einem früheren Verhör mit dem angeblichen »Fehlurteil« des ersten Prozesses gespielt: »Es muß kein Fehlurteil gewesen sein«, das heißt der Freispruch bezüglich des Giftmordes. Dagegen könne es ein Fehlurteil gewesen sein bezüglich der Verleumdung, obwohl deren Beweise doch unumstößlich jedem vernünftigen Menschen vor Augen liegen. Aber für die Vukobrankovics gibt es nichts Unumstößliches, sie spielt so gern, sie sagt selbst: ich »phantasiere« so gern.

Im heutigen Verhör vergeht eine lange Zeit mit der Aufzählung der Beschuldigungen, Verdächtigungen und Vermutungen, die die Angeklagte zu Beginn ihrer neuerlichen Untersuchungshaft vorgebracht hat, um sich von dem Verdacht der Täterschaft zu reinigen. Aber sie hat auch damit nur gespielt, keine der Beschuldigungen ist systematisch ausgebaut worden, keine wurde auch nur einen Augenblick lang zwingend.

Hierzu kommt eine Schimpfwut, die man nur zum Teil den äußeren Umständen zugute halten kann, es ist mehr als Wut, es ist auch Gift in den Worten.

Vorsitzender: »Jetzt muß ich den Herren Geschworenen, um ihnen den Charakter der Angeklagten zu illustrieren, noch erzählen, daß sie auch alle Zeugen schwer beschimpft hat. So hat sie den Zeugen Schneider, der doch ihr guter Freund war, einen pathologischen Lügner genannt.«

Angeklagte: »Herr Hofrat, Sie waren doch selbst einmal Untersuchungsrichter und wissen, daß ein Untersuchungsrichter, um einen in die Enge zu treiben, die belastenden Aussagen nur in kleinen Portionen eingibt. So war ich natürlich ungeheuer erregt, als Schneider die unwahre Behauptung abgegeben hat, das Buch ›Psychologie des Giftmordes‹ bei mir gesehen zu haben.«

Vorsitzender: »Begründen läßt sich ja nachher jede Beschimpfung, wenn man den Mut dazu hat.«

Angeklagte: »Ich bedaure diese Ausfälle und (!) bedaure auch schon, ein Geständnis abgelegt zu haben.«

Vorsitzender: »Über alle Personen, die mit der Untersuchung zu tun hatten, haben Sie sich in der empörendsten Weise geäußert. So über Dr. Markus: ›Das ist ein würdiger Freund der Konegen.‹ Über einen anderen Arzt haben Sie in einem Brief geschrieben: ›Ein solches Hornvieh von einem Arzt, der die Vergiftung nicht sofort konstatieren konnte, hat es noch nicht gegeben.‹«

Angeklagte: »Im ersten Fall, bei Frau Piffl, wurde der seither leider verstorbene Primarius Dr. Swoboda geholt, der auf den ersten Blick die Vergiftung erkannt hat. Im zweiten Fall haben die Ärzte aber vollständig versagt. Hätte ich nicht das Rad aufgehalten ...« (Welche groteske Situation: die Giftmischerin beklagt sich über die Ärzte, die ihre Untat so spät erkannt haben!)

Vorsitzender: »Als ein Zeuge über ihr Liebesverhältnis zu Stülpnagel Äußerungen machte, haben Sie geäußert: ›Wie der Schelm ist, so denkt er auch über andere.‹«

Angeklagte: »Wobei ich zu bemerken habe, daß ich hier nicht nur meine Ehre, sondern auch die Ehre eines anderen zu schützen habe. Das entschuldigt mich wohl genügend.«

Vorsitzender: »Über die Geschworenen schrieben Sie: ›Wegen der Verleumdung hätte ich mich schon verantworten können, das andere hätten die Trotteln doch nicht geglaubt.‹ (Das ist nur so zu verstehen: den Giftmord hätten sie mir nicht zugemutet!) (*Heiterkeit* .) Über die Gerichtsbeamten:»Man hat mich in der Strafhaft nicht gut behandelt, aus Sadismus, damit ich bald verrecke.« Über die Richter: »Die Richter sind alle Hunde. Der Untersuchungsrichter Dr. Fischer ist genau so ein Hund wie die anderen.«

Angeklagte(*ruhig*): »Das über den Herrn Dr. Fischer nehme ich zurück.«

Vorsitzender(*trocken*): »Das andere nicht?« (*Heiterkeit* .)

Vorsitzender: »In einem anderen Brief, der aus der Zelle herausging, sagten Sie: ›Es wäre mein heißester Wunsch, daß der Skalp des Untersuchungsrichters auf meinem Weihnachtsbaum hängen möge.‹« (*Stürmische Heiterkeit* .)

Vorsitzender: »Wollen Sie diese Ausdrücke eines rohen Charakters entschuldigen?«

Angeklagte: »Diese Briefe geben nur ein Bild meiner zerrissenen Seele. Aus ihnen ersieht man, was ich gelitten habe.«

Vorsitzender: »Alle Zeugen haben Ihnen in den letzten Tagen das beste Zeugnis ausgestellt, niemand hat Sie als zynisch oder roh kennengelernt. Wie kommt es nun, daß Sie während der Haft diese förmliche Schimpfwut besaßen? – Sie hat halt immer, wenn man ihr in der Untersuchung auf etwas draufgekommen ist, ihrer Laune Luft gemacht.«

Verteidiger: »Ich erkläre mir das anders. Auf eine so feingestimmte Seele, wie Fräulein Vukobrankovics es ist, wirkt eben die Haft ganz anders ein als auf stumpfe Menschen.«

Die Angeklagte erhebt sich und ruft: »Wenn man mir vielleicht meinen Selbstmordversuch vorwirft, so lege ich keinen Wert darauf, daß er hier konstatiert wird. Das ist meine Privatsache. Gut, ich mache dem Herrn Vorsitzenden das Vergnügen und sage: Er war fingiert.«

Wieder ein Spiel. Es ist unverständlich, weshalb man die Handgelenke der Vukobrankovics nicht auf Narben von dem Selbstmordversuch untersucht hat, nachdem schon so oft von dieser Tat die Rede gewesen.

Der Vorsitzende teilt mit, daß bereits ein zweiter Brief an die Geschworenen eingelangt sei, und sagt: »Auch den legen wir gleich zu den Akten, vielleicht kommen bis Abend noch ein paar.« (*Heiterkeit* .)

Hiermit sind die Zeugenaussagen abgeschlossen. Über das Tatsächliche des Verbrechens haben sie etwas durchaus Neues nicht gebracht. Interessant waren nur die Spiegelungen der Persönlichkeit. Nun haben wir auch außer diesen Zeugenaussagen, welche Menschen entstammen, denen die Angeklagte irgendwie zu imponieren vermocht hat, noch ein ziemlich ausführliches Fakultätsgutachten der Wiener Universität, auf dessen Schlußfolgerungen es in diesem Falle sehr ankam. Das Urteil hat sich schließlich auch ungefähr so gestaltet, wie dieses Fakultätsgutachten die Schuld oder relative Schuld der Frau umschrieben hatte. Im weiteren Verlaufe will ich aus den Pressestimmen noch das eine oder das andere literarisch gezeichnete Porträt wenigstens teilweise wiedergeben. Das Fakultätsgutachten lautete im wesentlichen folgendermaßen:

»Wie nach den übereinstimmenden Ergebnissen der wiederholten Untersuchung kaum anders zu erwarten, gab sich die Beschuldigte auch vor dem Psychiater besonnen und überlegt. Sie beherrschte die Konversation, spricht geläufig über indifferente Themen, erweist sich aber da keineswegs frei von Irrtümern, vorgefaßten Ansichten; von einer umfassenden, allgemeinen Bildung ist keine Rede.

Schon bei der ausführlichen Erörterung ihrer Kindheitsentwicklung retouchierte sie, schilderte sie die Kinderstube gewissermaßen als Idyll. Neben vielen ganz gleichgültigen Erinnerungen bringt sie die Episode, daß sie als kleines Kind Regenwürmer ausgrub, sie verschluckte und auch davon dem Großpapa in den Mund zu stecken versuchte, worauf sie Strafe erhielt. Sie erzählt weiter von der Platzangst, die sie als Kind hatte.

Bezüglich ihres Geschlechtslebens ist sie bemüht, sich als durchaus normal hinzustellen. Sie protestiert auch dagegen, daß sie seinerzeit in Herrn Piffl verliebt gewesen sei; wenn er irgendwie Witwer geworden wäre, hätte sie ihn keinesfalls geheiratet. Hingegen bleibt sie entschieden dabei, daß sie Herrn Stülpnagel liebt, wiewohl er ganz anders aussah, als sie sich den Mann ihrer Liebe vorgestellt hat. Auf seine Zärtlichkeiten habe sie schnell reagiert. Etwa ein Jahr war das Verhältnis friedlich und glücklich. Mit der Tatsache der vorhandenen Ehefrau hatte sie sich abgefunden. Aber daß er neben ihr noch andere Verhältnisse unterhielt, das mußte sie empören.

Anschließend an dieses Examen hat die Beschuldigte den Ärzten noch ein Schriftstück überreicht, um klarzulegen, daß sie ein ganz normales Weib sei, daß sie als Kind und junges Mädchen die gleiche Entwicklung genommen habe wie ihre Altersgenossinnen; nur in einem einzigen Falle hätte sie zu einer Kollegin ganz besondere Sympathie gefaßt.

Ausführlich beschäftigt sich dieser Teil der Untersuchung mit den scharfen Angriffen gegen die Behörden, von denen sie sich immer ungerecht behandelt fühlt. »Es scheint ganz aussichtslos«, heißt es in dem Gutachten, »der Beschuldigten klarzumachen, daß die Behörden für sie erst Interesse gewannen und gewinnen mußten, nachdem gewisse Tatbestände gesetzt worden seien. Zwangsläufig wiederholen sich immer wieder diese Beschuldigungen. Es sind schon gewissermaßen erstarrte Gedanken. Dunkel sind ihre Aussagen, wenn sie von ihrer Enttäuschung spricht. Sie läßt offen, welche sie damit meint, ob den Umstand, daß Herr Stülpnagel sie in der Schwangerschaft im Stich gelassen oder daß er im Zuge des Untersuchungsverfahrens ihre intimen Beziehungen preisgegeben.

Verzweiflung oder Rache werden als Motiv abgelehnt, bei einer Sache, die, wie sie sagt, kein Motiv habe. Über den ersten Prozeß wollte sie unter keinen Umständen sprechen.«

Das sind zunächst die Bemerkungen über die Ergebnisse der persönlichen Untersuchung. Nun lag den Professoren der psychiatrischen Klinik zur Beurteilung der geistigen Persönlichkeit der Beschuldigten noch ein überreiches Material vor. Zunächst wird festgestellt, daß der Vater der Beschuldigten an Epilepsie mit Charakterveränderung litt und schließlich an Gehirnerweichung starb. Milica hatte, wie ein Freund des Hauses, Direktor Dr. Böck, und Berichte der Mutter angegeben, eine schwere Kindheit hinter sich. Sie war oft krank, anscheinend vielbegabt, lerneifrig und ehrgeizig. Außer Zweifel steht ihr guter Intellekt. Das Gutachten führt auch als bemerkenswert an, daß die Beschuldigte nicht über ihren Kreis hinausstrebt, sondern den bescheidenen Beruf einer Lehrerin ergriff, für den sie besonders geeignet zu sein schien. Außerdem ist sie mit guten Gedichten hervorgetreten, sie zeigt auch schriftstellerische Fähigkeiten, ist jedenfalls produktiv.

Hingegen weist sie trotz ihrer Auffassungs- und Kombinationsgabe, ihrer formellen sprachlichen Begabung, beweglichen Phantasie und Gewandtheit des Ausdrucks in der Rede und in der Schrift große Lücken im Bildungswesen auf. Und in der Kritik ist sie schwach.

Über das Maß einer Verstandesbegabung kann man schwer durch ein Examen ins klare kommen. Eine noch heiklere Aufgabe ist es jedoch, über das Innere, den Kern der Persönlichkeit, eine gutachtliche Äußerung abzugeben. Das hängt ja auch meistens nebst der Subjektivität des Urteilenden von der Mentalität der Auskunftspersonen ab. Sie wird von dem einen als unheimliches Wesen angesehen, mit Scheu und Abneigung betrachtet, man schildert sie als kalt, rücksichtslos, ohne Moral und Dankbarkeit, egoistisch, voll Berechnung, boshaft, wenig wahrheitsliebend, als einen häßlichen Charakter. Aber sie macht ihren Weg, tritt einen Beruf an, wird andererseits als ausgezeichnete Lehrerin beschrieben, die bei ihren Schülerinnen beliebt war, im Umgang taktvoll, zurückhaltend, liebenswürdig, hilfsbereit und uneigennützig. Sie hat Freunde, Freundinnen und Förderung gefunden, war durch Jahre vertraute Hausgenossin in einer gutbürgerlichen Familie. Trotz einer ihr zugeschriebenen angeblichen Verlogenheit hat sie an kein Hochstaplerleben gedacht, niemand hat ihr eine Handlung gegen das Eigentum oder auch nur großen Eigennutz zugemutet. Trotz aller Freiheit des Benehmens wahrte sie ihre Geschlechtsehre. Gefühlskälte fällt wohl allen Ärzten an ihr auf. Am wenigsten läßt sich vom Standpunkt des Seelenarztes über das Wollen und Streben eines Menschen aussagen. Seitdem sie zum erstenmal unter psychiatrische Beobachtung kam, taucht bezüglich ihrer Person die Hysterie auf. Vielfach wird als Grundlage, zumindest als auslösend für hysterische Reaktionen, eine Störung des Trieblebens gefordert. Sicheres läßt sich hier nun nicht angeben. Als sie ihr Verhältnis begann, war sie 26 Jahre alt geworden; sie hatte bei ihrer bedenkenlosen Auffassung, ihrem umgänglichen Wesen gewiß schon früher und leichter Gelegenheit gehabt, dazu mit einem Manne, der ihr an Jahren näher gestanden. Das Gutachten meint, daß trotz des normalen Eindrucks, den Herr Stülpnagel von ihr empfangen, mit der Möglichkeit immerhin zu rechnen sei, daß Abweichungen in ihrem Triebleben bestanden haben, vielleicht auch noch bestehen.

Die Gutachter haben sich trotz des Widerstrebens der Angeklagten, über den ersten Fall zu sprechen, natürlich doch auch mit dem Vorakt beschäftigt, um festzustellen, ob außer den Anomalien des Geschlechtslebens vielleicht noch andere abnorme Triebrichtungen in Betracht kommen könnten. Die Wiederholung des gleichen Delikts, das die Gutachter schon vor dem Geständnis der Beschuldigten als erwiesen annahmen, läßt die Frage eines triebhaften Vorgehens um so eher bejahen, je mehr man Handlungen gleicher Art sich wiederholen sieht, während normale, verständliche und nachfühlbare Motive vermißt werden. Zu den Motiven bemerken die Gutachter bezüglich des ersten Falles: Da die Beschuldigte nur mit Herrn Landesschulinspektor gut stand, wurde damals von den Gutachtern und der Anklagebehörde Eifersucht und das Bestreben wahrgenommen, an Stelle der Gattin zu treten. Gewiß eine mögliche Kombination, aber nicht die einzige, es kann auch einen anderen Anlaß gegeben haben zu einer Handlung des Affekts, den Wunsch, sich zu rächen.

In dem neuen Prozeßfall brachte die Beschuldigte als Erklärung für ihre Handlung ihre Schwangerschaft, beendet durch eine spontane Fehlgeburt, vor. Das reicht aber nicht aus, eine höhergradige seelische Störung zu beweisen, und für eine Geistesstörung fehlt jeder Anhaltspunkt. Es ist natürlich, heißt es im Gutachten, nicht zu erfahren, wann die Beschuldigte den Gedanken zur Tat gefaßt hat. Jedenfalls hat sie ein Geschäft ausfindig gemacht, wo man Bleiweiß und Staubzucker zugleich kaufen kann. Der Aufbau dieser Verantwortung ist gewiß eher vor als nach der Tat konzipiert worden.

Damit kommen wir zur Frage über die Echtheit der Liebe der Angeklagten. Ganz abgesehen von der Skepsis, mit welcher man jede ihrer Äußerungen entgegenzunehmen lernen mußte: Wer kennt die Frauen? Gerade bei hysterisch veranlagten beobachten wir Ärzte ganz regelmäßig das Durcheinanderspielen echter und falscher Gefühlsausbrüche, unvereinbare Widersprüche und doch auch Sinn und Zweck, selbst auf der Höhe der Leidenschaft. Durch die Aufnahme einer intimen Beziehung mit Stülpnagel konnte sie vielleicht einen Einfluß auf den Mann erwarten, den sie sonst nicht gehabt hat. Aber auch die andere Möglichkeit soll berücksichtigt werden: daß sie Herrn Stülpnagel wirklich liebte. Mit der Tatsache der Ehegattin hatte sie sich, wie schon gesagt, von Anfang an abgefunden. Als aber die Beschuldigte, ihrer Darstellung nach, sehen mußte, daß ihre Reize, ihre Hingabe dem Mann nicht genügen, daß ihr erster, den sie auch für ihren einzigen nehmen wollte, sie betrog, begründete das gewiß eine Leidenschaftlichkeit, die sich in gewaltsamer oder hysterischer Form entladen konnte, gerade bei hysterischen Frauen beides so gern kombiniert. Bei der Reizbarkeit, der in Worten sofort aufflammenden Feindseligkeit, wenn ihr Selbstbewußtsein oder Selbstgefühl auch nur im mindesten verletzt wird, ist es wahrscheinlicher anzunehmen, die Beschuldigte hätte ihrer schweren Enttäuschung, ihrer verletzten Frauenehre, ihrer Eifersucht gemäß sich Luft gemacht, als an die andere Annahme, die Beschuldigte hätte, kalt überlegend, die Ehegattin Stülpnagels aus dem Wege räumen wollen, sei es auch um den Preis weiterer Opfer. Daß die Beschuldigte selbst sich gesundheitlich mindestens gefährdete, spricht auch eher für eine hysterische Affekthandlung.

Wenn ein gereiztes und rachsüchtiges Weib einen lebensgefährlichen Angriff unternimmt, ist das eine Affekthandlung, ein Verbrechen. Zum Gift wird selten Zuflucht genommen. Deshalb kann aber die Wahl gerade dieses Mittels nicht zur Diagnose Geisteskrankheit ausreichen.

Das Gutachten äußert sich nun über die Frage der Affekthandlung. Man könnte sich vorstellen: Die Beschuldigte hat im Affekt zum Gift gegriffen, um Herrn Stülpnagel ihr Leiden entgelten zu lassen, ihn und seinen Kreis. Hingegen meint das Gutachten: Das Fassen des Entschlusses vom ersten Auftauchen des Gedankens, der, verworfen, doch immer wiederkehrt, ein innerer Kampf gegen

Bedenken und Hemmungen, die Vorbereitung und schließlich die Durchführung der Handlung sind aber, wenn ein Giftverbrechen angenommen wird, nicht plötzlich, nicht in Affekthöhe, nicht zu einer Zeit eingeengten Bewußtseins erfolgt.«

Das Gutachten setzt sich dann mit einer Ansicht des in der Familie verkehrenden Psychiaters Dr. Bock auseinander, der von einer ›moral insanity‹ bei Milica gesprochen hat. Das Gutachten möchte nicht, daß die Charakterzüge und Handlungen, die Milica aufweist, zu dieser Krankheit gestempelt werden. Auch die behauptete Gemeingefährlichkeit der Angeklagten ist zu bezweifeln. Auf die Jahre fruchtbringender, beruflicher Tätigkeit, im allgemeinen klagloser, ja belobter Führung wurde bereits hingewiesen.

Sohin faßt die medizinische Fakultät ihr Gutachten dahin zusammen:

1. Milica Vukobrankovics ist nicht geisteskrank, bietet aber Zeichen von Charakterentartung, ein Mißverhältnis zwischen ihrer geistigen Leistungsfähigkeit und ihrem sittlichen Empfinden.

2. Sie war zur kritischen Zeit körperlich leidend, heruntergekommen, stand unter dem Einfluß von schweren Affekten. Eine Trübung oder Aufhebung des Bewußtseins ist jedoch für keine ihrer Handlungen Voraussetzung oder beweisbar.

3. Es liegen Gründe vor, zu vermuten, daß es sich bei der Beschuldigten um triebhafte Momente handelt. Die von ihr im ersten wie im gegenwärtigen Strafverfahren gewählte Art der Verteidigung, sowie alles, was sie zu Protokoll gegeben hat, gestattet darüber keine Feststellung.

Das Beweisverfahren wird hierauf geschlossen.

Am nächsten Verhandlungstage wurden nach längerer Beratung die Schuldfragen, die den Geschworenen vorgelegt werden sollten, wie folgt formuliert:

Erste Hauptfrage: Ist die Angeklagte schuldig, im Mai und Juni 1922 in der Absicht, Dorothea Stülpnagel und deren Söhne zu töten, durch Beimengen von Bleiweiß in eine Anzahl Lebensmittelpakete, die für den Haushalt Stülpnagel bestimmt waren, zur wirklichen

Ausführung führende Handlung unternommen zu haben, wobei die Vollbringung des Verbrechens nur wegen Unvermögens, eventuell wegen Zwischenkunft eines fremden Hindernisses, beziehungsweise durch Zufall unterblieb?

Zweite Frage (für den Fall der Bejahung der ersten Frage): Ist der Mord *tückischerweise* versucht worden?

Dritte Frage (Eventualfrage): Ist die Angeklagte schuldig, durch eine aus Bosheit unternommene Handlung eine Gefahr für das Leben, die Gesundheit oder die körperliche Sicherheit von Menschen herbeigeführt zu haben?

Vierte Frage: Ist wirklich eine Gefahr für die körperliche Sicherheit entstanden?

Fünfte Frage (für den Fall der Bejahung der ersten und dritten Frage): Hat die Angeklagte gegen Dorothea und Ernst Stülpnagel senior und deren Söhne nicht in der Absicht zu töten, aber doch in anderer feindseliger Absicht so gehandelt, daß eine schwere Verletzung derselben erfolgte?

Sechste Frage (für den Fall der Bejahung der fünften Frage): War es die Absicht der Täterin, daß eine schwere Verletzung erfolge?

Siebente Frage: Erfolgte eine Gesundheitsstörung von mindestens dreißigtägiger Dauer, wobei Dorothea Stülpnagel auch eine Berufsunfähigkeit von mindestens 30 Tagen erlitt?

Achte Frage: Ist die Tat in tückischer Weise erfolgt? Neunte Frage (als Zusatzfrage zur ersten, dritten und fünften): Wurde die Tat in einer Sinnesverwirrung begangen, in der sich die Täterin ihrer Handlung nicht bewußt war?

Der Vorsitzende fügt noch hinzu, daß die fünfte Frage der Verantwortung der Angeklagten entspräche.

Es folgt nun die Rede des Staatsanwalts: »Hoher Gerichtshof! Meine Frauen und Herren auf der Geschworenenbank!

Eine Zeitung hat im Verlaufe des Prozesses geschrieben, der Staatsanwalt halte sich vorläufig im Hintergrunde, er werde die großen Worte erst im Plädoyer vorbringen; damit ja kein Mißverständnis obwaltet: ich will keine großen Worte gebrauchen. Alle großen Worte sind ein bißchen hohl. Ich will in voller Ruhe und Sachlichkeit, wie sie ungefähr einem Richter geziemt, meinen Standpunkt vertreten. Im Laufe des Verfahrens ist, wie Sie wohl gemerkt haben, nicht alles so gegangen, wie es in einem richtigen Schwurgerichtsverfahren vorsichgeht. Lassen Sie um Himmels willen, verehrte Geschworene, die *Idee* des Rechtes nicht Schaden leiden durch den Schaden, den die *Form* des Rechtes hier genommen hat. Die Sachverständigen haben festgestellt, daß in 15 Lebensmittelpaketen Bleiweiß gefunden worden ist, es waren noch 502 Gramm Bleiweiß drinnen, als die Pakete beschlagnahmt wurden. Es muß also eine größere Menge Bleiweiß hineingetan worden sein, ungefähr dreiviertel Kilogramm.

Sehen Sie davon ab, daß die gewesene Fürstin Vukobrankovics hier sitzt, übertragen Sie den Fall in irgendein Bauernhaus, und nehmen Sie an, daß eine Bauerndirne das Bleiweiß in die Lebensmittel hineinpraktiziert hat. Sie hören, daß der Tat der Bauerndirne eine ganze Reihe von Szenen zwischen ihr und dem Bauern vorhergegangen ist, bei denen es sich immer wieder darum gehandelt hat: Ich will nicht deine Mätresse sein – Milica Vukobrankovics hat ein etwas deutlicheres Wort gebraucht –, ich will Bäuerin sein. Sie hören, daß der Bauer zu Mittag nicht aus der gemeinsamen Schüssel gegessen hat, und Sie hören, daß im Dienste bei ihr schon einmal solche Dinge vorgefallen sind und daß die erste Bäuerin nur durch ein Wunder einem dreimaligen Versuche, mit Arsenik und Phosphor ums Leben gebracht zu werden, entgangen ist. Es ist kein Zweifel, diese Bauerndirne ist eine Mörderin, sie wollte sich an den Platz der Bäuerin setzen.

Die Angeklagte wollte hier nicht den Gedanken aufkommen lassen, daß sie eines jener Wesen sei, die man mit diesem gesunden, klaren Argument einfach verurteilt.

Sie hat es verstanden, um ihre Person einen gewissen Nimbus zu verbreiten, und damit hat sie auch hier operiert. Sie gebärdete sich unnahbar, trat wie eine Fürstin auf und zeigte damit von allem Anfang an die Rolle, die sie hier zu spielen gedachte. Das große Publikum unterliegt sehr leicht den Einflüssen solcher Äußerlichkeiten. Ich erinnere nur an das Beispiel eines Breitwieser (*gefährli-*

cher Mörder und Räuber), wo das Urteil der Menge getrübt war, weil er es verstanden hat, sich mit einem Nimbus zu umgeben. Die Angeklagte hat von Anfang an hier Theater gespielt. Ihre Verantwortung lag nicht darin, was sie gesagt hat, sondern wie sie es gesagt hat. Im Fakultätsgutachten ist (*am Schluß*) diese Seite ihres Wesens klar gekennzeichnet. Da heißt es, daß Milica Vukobrankovics die Prozeßlage verzweifelnd beurteile, das heißt, sie glaubt, daß sie verurteilt werden wird. Und diese Person tritt hier mit Allüren auf, kommandiert, begehrt auf, schafft dem Vorsitzenden an, was er zu tun hat, greift in die Verhandlung ein, als ob sie sie leiten würde. Das ist Theaterspiel einer Person, die mit ein bißchen Galgenhumor, aber auch gewiß mit einer angeborenen *Frechheit* auftreten will. (*Bei diesen Worten fährt die Vukobrankovics auf, als ob sie etwas sagen wollte, setzt sich aber auf einen Wink ihres Verteidigers wieder nieder.*) Sie betrieb hier Milieumaierei, sprach von den Entbehrungen der Haft, von Hunger und Kälte, aber die große Pose, mit der sie alles vortrug, erwies sich als Schauspielerei, als der furchtbar magere Sachverhalt (*hier verspricht sich der Staatsanwalt psychoanalytisch: denn die Vukobrankovics war wirklich nur Haut und Bein*) bekannt wurde. Sie sprach auch von ihrem ungeheuer empfindlichen Schamgefühl, das ihr nicht erlaubt, vor der breiten Öffentlichkeit das Innere ihrer Seele zu enthüllen. Aber aus den Berichten des Gefängnispersonals habe ich erfahren, wie es um dieses Schamgefühl bestellt ist. Sie gebraucht geradezu unqualifizierbare Schimpfworte, wie ich sie in meiner fünfundzwanzigjährigen Praxis mit einem Publikum minderer Sorte noch nicht gehört habe. Schauspielerei ist auch der Hinweis auf ihre politische Überzeugung, denn in ihren Gedichten trieft es geradezu von der entgegengesetzten politischen Richtung, dynastischem Gefühl usw.

Man kann ruhig behaupten, daß sie auf die Urteilslosigkeit der Menge spekuliert. Sie ist Giftmischerin. Die Verteidigung wird Sie, meine Geschworenen, auf das Wort Hysterie verweisen. Das hysterische Wesen der Angeklagten ist ihr Verteidigungsmittel, das sie geschickt zu benützen versteht. Die Verteidigung rühmt auch ihre persönlichen Eigenschaften, nennt sie taktvoll, klug, vornehm, ich sage einfach, sie ist eine Giftmischerin. Das scheinen Gegensätze zu sein, die sich nicht miteinander vertragen. Aber wenn man in der Geschichte der Giftmorde nachblättert, so wird man finden, daß sich unter den Giftmischern Personen von hohem Rang und Intelligenz befinden.

Nun will ich etwas, bevor ich auf ihre Beziehungen zu Stülpnagel eingehe, über ihre Glaubwürdigkeit sagen. Selten ist eine solche Unsumme von Lügen, Verdächtigungen, Verleumdungen von einem Beschuldigten zusammengetragen worden. Auch ihre Verantwortung, schließlich das Märchen mit dem Traumzustand, ist ein Hohlgespinst. Nur glatte Berechnung hat sie dazu gebracht, sich mit Stülpnagel einzulassen, und es ist zu bezweifeln, daß nach anderthalb Jahren Verkehr sich diese Liebe in einer so folgenschweren Eifersuchtsszene auflehnen sollte. Nehmen Sie an, eine Frau würde durch einen Mann in einen derartigen Konflikt geraten, daß sie glaubt, ihm unbedingt etwas antun zu müssen, was ja vorkommt. Sie wird sich aber dann ganz anders verhalten, als es die Angeklagte nach jener Szene mit Stülpnagel getan hat. Sie haben sich noch einmal und mehrmals miteinander amüsiert. Sieht das nach jenem Seelenzustand aus, wie ihn die Angeklagte schildert? Ich glaube nicht.

Aber wenn wir alle diese Lügen und Behauptungen außer acht lassen, so ergibt sich aus dem, was übrigbleibt, zusammen ein logisches Bild des Ganzen, aus dem die ganze Absicht klar hervorgeht. Die Angeklagte hat behauptet, daß sie ihn, Stülpnagel, treffen wollte. Er war aber mittags nie zu Hause und hat sonntags meist Partien gemacht, so daß er also von den vergifteten Lebensmitteln am wenigsten genossen hat. Nein, diese Behauptung muß falsch sein, weil sie zu stark durch die Tatsachen widerlegt wird. Sie hat ihn ja auch in der kritischen Zeit gedrängt, wie der Zeuge Rößler bestätigt hat, früher wegzufahren, auf Urlaub zu gehen. Die Tat muß vorbereitet, vorbedacht gewesen sein. Es muß ein Plan bestanden haben. Auch das Fakultätsgutachten spricht von einer Vorbereitung der Tat. Die Angeklagte muß genau gewußt haben, in welcher Drogerie man Bleiweiß bekommen kann, und hat es sich auch dorther verschafft.

Sie hat auch Kenntnis der Wirkungen des Bleiweißes gehabt. Das geht aus einem bezeichnenden Detail hervor, daß sie nämlich einmal spöttisch bemerkte, daß eine Bleiweißvergiftung, allerdings nur für eine kurze Zeit, die *sinnliche Erregung* steigert!

Daß sie 600–700 Gramm in die Lebensmittel hineintat, beweist, daß sie keinen Unfall, sondern einen Mord ausführen wollte. Sie hat es darauf angelegt, daß die Frau Stülpnagel selbst die Speisen bereitet hat, an denen sie zugrunde gehen sollte. Das nennt man Tücke.

Man muß Vorsatz und Motivierung voneinander scheiden. Motiviert war die Handlung durch den Gedanken, daß Frau Stülpnagel sterben müsse, damit Ernst St. Witwer werden und sie heiraten könne. Der Vorsatz ging auch dahin, die Buben mitzunehmen – um einen Unfall vorzutäuschen.

Wenn auf die Unbeholfenheit des Mittels hingewiesen wird, so muß man bedenken, daß Milica Vukobrankovics im Jahre 1918 wegen dreier schwerer Giftmord(versuch!)fälle in Untersuchung war und daher äußerste Vorsicht anwenden mußte. Daß sie sich um den erkrankten Mann bemüht hat, ist eine bei allen großen Giftmischerinnen und Giftmischern wiederkehrende Erscheinung und hat mit der Durchführung des Verbrechens nichts zu tun. (*Im Gegenteil, es ist, wie er ja selbst zugibt, typisch und außerordentlich wichtig. Giftmord ist eben nicht Raubmord, sondern ein weißes Verbrechen und dabei – ein Verbrechen für Frauen. Das bezeugt schon der geniale Pitaval.*) Daß sie sich selbst der Gefahr ausgesetzt hat, beweist, wie hartnäckig ihr Plan war, denn man setzt sich nicht einer schweren Gefahr aus, wenn man nichts Hohes will. (Daß es sich für die Angeklagte um nichts *Hohes* handelte, bewies der Verlauf der Aussagen und die Art der Beweise.)

Wenn sie vielleicht am 3. Juli tatsächlich den Auftrag gegeben hat, die Lebensmittel zu beseitigen, so war das kein Rücktritt vom Versuch, sondern die Konsequenz des Planes, um die Person nicht zu gefährden, um derentwillen der Mord hätte vollbracht werden sollen.«

Der Staatsanwalt wendet sich nun gegen Stülpnagel, den er mit einem Strafverfahren bedroht. Sodann streift er die Frage der *triebhaften* Handlung und meint, wenn auch im Gutachten die Vermutung ausgesprochen sei, es handle sich um eine triebhafte Handlung, so sei damit nicht gesagt, daß es sich um ein entschuldbares Verbrechen handle. (Welchen Sinn soll aber dieser Trieb haben, wenn er nicht als unwiderstehlicher oder kaum widerstehlicher Trieb gemeint ist?)

Auch die boshafte Gefährdung einer ganzen Reihe von unbekannten Personen sei durch die Handlung der Angeklagten gegeben gewesen (tatsächlich sind bei allen großen Giftmördern auch eine Menge unbekannter Personen Opfer), deshalb habe er diese Frage gestellt, aber er hoffe, daß die Geschworenen zu dieser Eventualfrage gar nicht kommen, sondern die Angeklagte wegen des *versuchten Meuchelmordes* schuldig sprechen werden.

Der Verteidiger Dr. Hermann Krasnz führt aus:

»Meine Herren Geschworenen!

Sie haben sich mit einem Falle von außerordentlicher Schwierigkeit zu beschäftigen, mit einem Mammutfall. Zwei hochgelehrte Herren Berufspsychiater haben sich mit der Angeklagten vier Monate hindurch beschäftigt und sind gegeneinander in Kämpferstellung getreten, sie konnten sich nicht einigen. Daraufhin habe ich das Oberlandesgericht gebeten, ein Fakultäts-Gutachten einzuholen. Und auch die Fakultät hat in ihrem Gutachten auf die besonderen Schwierigkeiten des vorliegenden Problems hingewiesen. Diese Schwierigkeit ist evident. Das hat niemand besser bekundet als der Herr Staatsanwalt in einer derart drastischen Weise, wie noch nie im Gerichtssaal es geschehen, er ist völlig verwirrt geworden und hat den Boden unter den Füßen verloren. Die Anklage, die er im April erhob, ist ihm zerstört worden. Damals schrieb er: Milica Vukobrankovics hat dieses Attentat gemacht aus Liebe zu Stülpnagel, um seine Familie auszurotten und um an Stelle seiner Gattin seine Ehefrau zu werden. In der zweiten Anklage sagt er, sie habe aus Rache gehandelt. Und heute wieder sagt er, sie hat es aus Liebe getan, weil sie Herrn Stülpnagel heiraten wollte. Aus diesem wiederholten Wechsel der Anklage ist zu sehen, daß der Staatsanwalt hin- und herschwankt. Er kennt sich angesichts dieser Persönlichkeit nicht aus, was ich ihm nicht verdenke, weil die Angeklagte eine hieroglyphe Persönlichkeit ist, die man nicht leicht entziffern kann. Das Um und Auf der staatsanwaltschaftlichen Lösung ist: Hier eine Giftmischerin – vernichte sie! Da war im Jahre 1917 ein Glas Limonade, das der Frau Piffl gereicht wurde, es wurde ihr schlecht, aber es geschah ihr nichts. Ein zweites Mal war es eine Mehlspeise mit Powidl (*Pflaumenmus*), in der Arsen war. Und als die Mitglieder der

Familie Piffl davon aßen, da war diese Mehlspeise von einem ätzenden Geschmack, und alle hörten auf zu essen. Das Arsen der Milica Vukobrankovics hatte einen ätzenden Geschmack. Dann kam eine Phosphorpille dazu, so groß, daß man sie mit freiem Auge entdecken konnte. Nun haben wir die Bleiweißvergiftungen, und wir haben gesehen, daß die Toten der Vukobrankovics alle leben. Wo ist da die Fehlerquelle der Giftmischerei, daß sie nicht töten kann? Ein Mörder geht kalt und berechnend zu Werke. Er handelt wie ein Mathematiker. Wo ist diese Zielsicherheit der Vukobrankovics? In dem vielzitierten Buch über Psychologie des Giftmordes wird von Gestalten erzählt, wie von der Madame Brinvillier, die ganze Regimenter zu Fall gebracht hat. (*Das ist nicht richtig.*) Das war alles Berechnung. Sie bediente sich solcher Mittel, die zum Ziele führen. Die Vukobrankovics kann niemanden töten. Wo ist das Geheimnis? Ist die Hand zu schwach, oder versagt das Gift bei ihr gerade? Und bei der Betrachtung dieser Frage kommen wir zur Erörterung der Persönlichkeit der Angeklagten, aus der hervorgehen wird, daß es sich nicht um Zufälle handelt, an die ich nicht glaube. Ich glaube vielmehr an eine Weltseele und daran, daß dieses Mädchen ein kranker Splitter davon ist.«

Der Verteidiger spricht dann von den gerechten, hilfsbereiten, menschenfreundlichen Charakterzügen der Angeklagten, die eine Person untadeligen Wesens, nicht streberisch, aber dienstfertig zu nennen ist. Und da will man, sagt der Anwalt, das Bild verbittern, indem man anführt, daß sie während der Haft ganz anders gewesen. Wer kann es ermessen, wie die Haft auf den oder jenen wirkt? Will man ihr das zum Vorwurf machen? Wie kommt es nun, daß dieses Mädchen, das berufen war, an erster Stelle zu wirken, zum zweitenmal vor das Schwurgericht kommt? Auch den Psychiatern war dieses Rätsel nicht klargeworden. Aber das Gutachten stößt doch ein Fenster auf. Im dritten Absatz heißt es: Es liegen Gründe vor, zu vermuten, daß es sich bei der Beschuldigten um triebhafte Momente handelt. Und dann heißt es weiter: Die Frage eines triebhaften Vorgehens wird um so eher zu bejahen sein, je mehr Handlungen in gleicher Art sich wiederholen, während normale, verständliche und nachfühlbare Motive vermißt werden. Scheinbar ausreichende Motivierung schließt freilich das nicht aus, was wir Ärzte einen Impuls nennen. Es muß etwas nicht in Ordnung sein.

Aber der Triebmensch denkt nicht, rechnet nicht, wägt nicht und mißt nicht. Und Milica Vukobrankovics ist eine solche Person, die in gewissen Zeiten nicht normal denken und nicht normal fühlen kann und die von ihren Trieben übermannt wird.

Der Verteidiger schließt: »In Wirklichkeit liegt eine schwere Körperverletzung vor. Ich bitte daher diese Frage, aber auch die Frage auf Sinnesverwirrung zu bejahen. Verderben Sie nicht diese Person voll Fähigkeit und Talent, lassen Sie diese Friedlose in Frieden ziehen.« Nach einer Beratung von einer und einer halben Stunde erscheinen die Geschworenen im Saale, um das Urteil zu verkünden.

Die erste Frage auf versuchten meuchlerischen Giftmord wurde mit zwölf Stimmen verneint.

Die Zusatzfrage auf *Tücke* entfiel.

Die dritte Frage, ob die Angeklagte aus Bosheit eine Handlung unternommen habe, die eine Gefahr für das Leben, die Gesundheit oder die körperliche Sicherheit von Menschen herbeigeführt habe, wurde verneint mit sechs gegen sechs Stimmen.

Die vierte Frage entfiel infolgedessen.

Die fünfte Frage (die der Verantwortung der Angeklagten entsprach) dahingehend, daß die Vukobrankovics gegen Dorothea und Ernst Stülpnagel senior in feindseliger Absicht auf solche Art gehandelt habe, daß daraus eine schwere Verletzung erfolgte, wurde mit zwölf Stimmen bejaht.

Die Zusatzfrage, ob die Absicht der Täterin auf einen *schweren* Erfolg vorlag, wurde mit sechs gegen sechs Stimmen verneint.

Die Frage nach der dreißigtägigen Gesundheitsstörung wurde einstimmig bejaht.

Die Frage, ob der Angriff in tückischer Weise erfolgte, wurde mit sechs Nein gegen sechs Ja verneint.

Die letzte Frage auf *Sinnesverwirrung* wurde einstimmig verneint.

Als erschwerend wurde bei der Strafbemessung die Mehrzahl der Opfer angenommen, die große weitere Gefahr für andere Opfer, die besonderen Schmerzen der Betroffenen, die Verübung durch Gift. Ferner die hohe Vorstrafe, die noch nicht weit zurückliegt.

Als mildernd wurde angenommen das Geständnis, das jedoch erst nach hartnäckigem und langem Bemühen, die Wahrheit zu verwischen, abgelegt wurde, ferner die erbliche Belastung, die jedenfalls eine gewisse Verminderung der Hemmungen herbeigeführt hat, die Begehung der Tat unter dem Einfluß von Affekten und die Gutmachung bezüglich der Stadtherr (der Bedienerin).

Das Urteil lautete auf dreieinhalb Jahre schweren Kerkers, verschärft mit einem harten Lager vierteljährlich. Die Dauer der Untersuchungshaft vom 28. Juni 1922 bis 15. Dezember 1923 wurde angerechnet. Die Verurteilung erfolgte wegen schwerer körperlicher Beschädigung.

Der Verteidiger: »Gegen diese Strafe (*die von dem Berufsrichter bemessen worden war*), die eine Demonstration gegen das Geschworenenverdikt ist, melde ich Berufung an.«

Die Angeklagte nahm das Urteil ohne Zeichen von Erregung auf.

Die Geschworenen waren: ein Galvaniseur, ein Bankbeamter, zwei Kaufleute, eine Verkäuferin, ein Schriftsteller (Obmann), eine Schriftstellerin, ein Schlosser, ein Landmann, ein pensionierter Oberförster, ein Beamter der Bezirkskrankenkasse, ein Buchdrucker und ein Schneider.

Wir lassen nun einige Berichte der Presse folgen, denen sich eine Würdigung des Buches der Vukobrankovics, betitelt »Weiberzelle 321« anschließen wird.

Der Wiener Feuilletonist Karl Marilaun bringt in einem Aufsatze folgende Analyse der Vukobrankovics:

»Man sucht im hochgetragenen, eigenwillig und eigenartig profilierten Gesicht der Angeklagten nach einer Lösung des Rätsels. Und man glaubt in diesem geschickt beherrschten und eisern kommandierten, tragisch, bösartig und sentimental schauspielernden Gesicht einer gelernten Hysterikerin etwas wie die Lösung des Rätsels zu finden: wenn die Züge der Angeklagten in Augenblicken einer wirklichen, echten Abspannung gewissermaßen aus den Fugen, in

Unordnung geraten. Dann kommt für eine halbe Sekunde das wahre Gesicht der Vukobrankovics zum Vorschein. Und das ist dann das sonderbar geronnene, wesenlos fatale, verwischte und uferlose Gesicht eines Menschen, dessen Intelligenz letzten Endes doch leerläuft. <u>So wirkt tatsächlich auch die Photographie der Vukobrankovics, die ihrem Buche beigegeben ist.</u> Eines Menschen, der so ziemlich alles zuwege bringen dürfte, was er sich vorgenommen hat, aber im Grunde wahrscheinlich gar nicht weiß, was er eigentlich will. Eine Hysterikerin und diesmal eine echte Hysterikerin. Eine im tiefsten hoffnungslose, geprellte, einsame, niemanden begehrende und nur irrtümlich begehrte Frau, die ein Genie sein müßte, um nicht ein offenkundiges Malheur der Schöpfung zu sein. Die Vukobrankovics ist aber wahrhaftig kein Genie, sie ist eine Intelligenz, und ich versteige mich zu der Behauptung: nur die sehr fatalen Grundzüge ihres Wesens verdunkeln gewisse Anlagen zur Urschel. <u>Urschel = Komische Alte.</u> Sie werden ja trotzdem sichtbar. Z. B. wenn sie, deren messerscharfe Intelligenz ganz sonderbar zu einem gebildeten Fräuleinpathos neigt, auffahrend sagt: ›ich kann nicht Fürstendienerin‹ sein, oder wenn sie ›auf Fürstentitel keinen Wert legt‹, sich für die Verhandlung aber doch eine ganze Anzahl melodramatischer Hinweise auf erlauchte Abstammung von serbischen Heldenepen zurechtgelegt hat ... An allem ist der Name schuld. Nein, die Laufbahn einer städtischen Bürgerschullehrerin war nichts für sie. Schon im Pädagogium war sie ›der Stolz der Anstalt‹, intelligent, ehrgeizig, nicht auf den Mund gefallen, und außerdem heißt sie Milica. So wird man zum Hochstapeln geboren (?!). So gerät man ans andere Ufer, wo nicht Menschen, sondern Schemen wohnen. So sammelt es sich im Herzen an; spitznäsige Selbstvergötterung, melodramatischer Hochmut, Verachtung des dummen Bürgers, der auf den Mund gefallen ist ... Klugheit, Ehrgeiz, glühend kalter Wille zur Karriere, zu irgendeiner Karriere. Aber diese Milica war vom Schicksal ausersehen, kein Mensch, sondern eine Dame, keine Frau, sondern eine bei kleinen Bürgern angestellte und die kleinen Bürger verachtende Gouvernante sein zu müssen.«

Offenbar ist hier der Eindruck, den die Vukobrankovics auf widerstrebende Menschen machte, gut wiedergegeben, und in manchen Charakterzügen ist sie gut getroffen, aber das Wesentliche, das einzig Interessante, nämlich, was diese Vukobrankovics von der spitznäsigen, verarmten, gouvernantenhaften Aristokratin unterscheidet, und vor allem, was sie zu ihren paradoxen Taten gebracht hat, kann der Feuilletonist nicht klarlegen. Die Abneigung macht ihn nicht klarsichtiger als andere die Bezauberung, die an sich um so wirksamer gewesen sein muß, als sie in diesem Falle versagt. Und gibt es einen stärkeren Beweis für diese Ausstrahlung der Vukobrankovics, als daß sie auch in dem zweiten Prozeß nur wegen unwesentlicher Vergehen verurteilt, wegen des Giftmordes eigentlich freigesprochen wird. Denn schwere körperliche Beschädigung und Giftmordversuch sind nicht das gleiche.

Wesentlich tiefer geht ein anderer Schriftsteller. Er erfaßt das Wesen der Vukobrankovics an vielen Stellen, er sieht das sehr charakteristische, trotzdem aber den Richtern entgangene *Spielen* mit der Schuld, mit dem Gericht, ja mit der Identität, was sie ebenso gefährlich macht, und schließlich zeichnet er auch die Wiener Umgebung, die den Ausgang des Prozesses mitbestimmt hat, und nicht das allein. Wir müssen in Milica Vukobrankovics selbst ein Stück Wien und ein Stück Balkan zugleich sehen. Es handelt sich um einen Artikel von Emil Kläger:

»Adeliger Umriß einer weiblichen Gestalt. Erst später das angestaunte System einer verwirrend schleiernden Geistigkeit. Schöne Frauen auf der unwirtlichen Sünderbank des Gerichtssaales ... Farbensprühend, seidig, irisierend und irritierend, liegt ein Mantel erotischer Wirkungen um ihre Schultern ... Milica Vukobrankovics besitzt einen ungeheuren Reichtum an solch mysteriöser Garderobe. Da geschah das Wunder, daß sie aus dem finstersten Schacht der Ungekanntheit nur so hinaufflog zur Glorie der Berühmtheit des Tages. Wien ist neugierig und galant. Wien hat in Mitteleuropa wohl den feinsten Spürsinn für Sensation, naivste Schaulust und Erlebnisfreude. Es riß die Augen auf, es bekam Beine, es hatte unbegrenzt Zeit. Unverdrossen stand es halbe Tage auf der Straße, drückte sich mit kindlicher Geduld an das große Gemäuer, von dem die Sensation umschlossen wurde, hübsch artig in Doppelreihen, wenn es nicht kühn über ein Labyrinth von Treppen und Stiegen irrte, um plötzlich vor einem Gitter, einer Tür zu stehen, nur um einen Blick zu tun in den Dunst eines Saales, in dem Mordgerüchte warten, in dem sich die Silhouette dieser Frau abzeichnete. Kein Theater kann sich solch tollen Zulaufs rühmen. Die erklärte Diva der Schaulust dieser Woche war Milica Vukobrankovics. Sonderbar. Das Stück war eigentlich alt, stand schon einmal im Repertoire der Justiz, vor fünf Jahren, bei allgemeiner Teilnahmslosigkeit ... Nun muß es eingestanden sein. Dieses zweite Mal wurde eben Milica als faszinierendes Weib entdeckt. Der einfache Sachverhalt läßt sich nicht verschweigen. Ethik macht sauere Mienen, Rechtlichkeit ergrimmt, aber die Massenempfindung ist nicht anders zu erklären, ohne sie zu verfälschen. Moral hat keine Gewalt über die Sinne. Milica Vukobrankovics fasziniert. Es ist nicht leicht, auf den Grund ihres Wesens zu dringen, das ihr diese Macht gibt. Sie ist allzu dicht verschleiert. Ihr Bild schimmert ferner. Vergeblich hat die medizinische Fakultät ihre psychologischen Sonden angesetzt. Sie stach dabei immer nur in Schleiergespinst, um am Ende die fast heiter anmutende Schlußsentenz hinzuschreiben ›Wer kennt die Frauen?‹.

Eines aber ist sicher: Milica ist eine Herrennatur, und wo sie steht, da wächst sofort unsichtbar eine Bühne um sie herum. Sie braucht nur einfach und ruhig dazustehen, und sofort wird um sie Platz. Ihre Stimme klingt und schafft Raum. Der erste Eindruck ist durchaus nicht außerordentlich. Die feine Gliederung des schlanken Körpers fällt wohl auf, das Kinn in dem länglichen Gesicht, durchaus weiblich und doch merkwürdig energisch. Doch hier ist keine eindeutige Schönheit, keine Lieblichkeit. Es ist nur rassige, herbe Eigenart. Eine schmale, lange, nicht ganz regelmäßige Nase senkt sich gar nicht streng harmonisch, die Lippen sind dünn, die Augen lebhaft, von unbestimmter Farbe. Niemand möchte da gleich entzückt sein. Auch wenn man die raffiniert über die Ohren herabgezogenen Haarschwänze in die Betrachtung einbezieht, die da von glänzenden Agraffen gehalten werden. Nein, es ist durchaus nichts, um die Ruhe zu verlieren. (*Daß sie, wie das erste Gutachtenbehauptet, an einer Rückgratverkrümmung leidet, ist diesem wie allen anderen Berichterstattern entgangen* .) Da erhebt sich die Vukobrankovics, Arme und Beine rühren sich in fließender Bewegung von unvergleichlicher Anmut, der Kopf hebt sich mit einfachem Stolz. Jetzt genießt man das Schauspiel einer Geschmeidigkeit, wie sie an diesem musikgleichen Rhythmus nur die großen Katzen bieten. Ihre Stimme klingt gesättigt von dunklem Schmelz, nicht laut, aber von gedrungener Kraft. Sie greift fest zu und schmeichelt sich noch an den Hörer heran, nimmt gefangen. Und während des Klanges, der auch das

Geistige der Frau trägt und in den Saal versprüht, verwandelt sie sich. Nun wird alles Herbe der Erscheinung unter dem Glanz der Stimme erhöht. Man spürt das unterjochte, gesänftigte Männliche, das in diesem feingliedrigen Weib lebt, ihr Intellekt, Willen gibt. Der Kontrast zweigeschlechtlichen Wesens, zu einer Einheit vermählt, ist wohl der hauptsächlichste Grund der Faszination. Die Dosierung von Mann und Weib, von der Otto Weininger spricht, die einen prachtvollen Ausgleich in ihr gefunden hat. Sie spricht mit brillanter Beredsamkeit, sie hat überlegenen Witz, Dialektik, zieht scharfe Schlüsse, falsch, aber blendend. Man betrachte die Stirne. Sie ist fein, vornehm und doch stark. Hinter ihr sucht man das Geheimnis.

Endlich überwindet man Bild und Wirkung der Frau und findet dann den Fall durchaus nicht so dunkel (?). Der geringste der Giftmord-Prozesse, über den die Kriminalgeschichte berichtet, stellt den Leser vor ungleich merkwürdigere Tatsachen. Wenn der Staatsanwalt recht hätte, daß die Vukobrankovics Giftmischerin ist, gewissermaßen ihrem inneren Berufe nach, dann wäre weder ihr Äußeres noch ihr trefflicher Leumund dazu im Gegensatz. Alle großen Giftmischerinnen erfreuten sich der größten Schätzung, die meisten waren schön. Von der Marquise de Brinvilliers berichtet der Chronist: ›Ihr Gesicht war rund und freundlich, von den regelmäßigsten Zügen. Sie wurde besucht, bewundert und gefeiert, angebetet, als schon ein großer Teil ihres Wandels bekannt war.‹ Nicht anders die große Zahl ihrer Nachfolgerinnen, zu denen viele deutsche Verbrecherinnen gehören. Die meisten besaßen delikate Kultur, waren gesellschaftlich gebildet, genossen den Ruf von Herzensgüte. Sie verschafften sich eben außerordentlich viel Vertrauen. Alle wurden spät entdeckt, schwer überführt ... Slawische Naturinstinkte, prinzeßliches Herrenbewußtsein wird gedeckt von einer Glasur, die unsere Pädagogik über ihr natürliches Wesen gestrichen hat. Ihre Vorfahren waren nicht wählerisch in den Mitteln, wenn es unerwünschte Konflikte zu lösen gab. Daheim herrscht Blutrache, auch für enttäuschte Liebe (?). Milica Vukobrankovics mußte in Wien ein Proletendasein fristen, sie war eine Deklassierte (?!). Da mag eine innere Umstellung ihrer Wunschträume erfolgt sein. Sie paßte sich gezwungen den Verhältnissen an, die sie vorfand, wurde Lehrerin (*übrigens ein Beruf, in dem man auch herrscht, wenn auch nur über Kin-*

der). Aber das Bedürfnis nach Macht hat sie wohl nie verloren ... Sie war jemand, der sein eigenes Gewissen nicht fürchtet. Der Vorfall im Hause Piffl: kein versuchter Mord, es war nur ein Spiel mit Gift um der Macht willen. Daß sie es mit Hilfe von Gift tat, ohne den Erfolg eines Mordes herbeiführen zu wollen, ist seltsam, aber charakteristisch. Viele Autoren, die sich mit der Psychologie von Menschen befassen, die Gift *ohne* Mordabsicht anwenden, sind zur Überzeugung gelangt, daß hier erotische Motive eine Rolle spielen können. Sie sind wahrscheinlich der sadistischen ähnlich. Von der Marquise von Brinvilliers ist sichergestellt, daß sie ihre Gesellschaftsdame, die sie vergötterte, gelegentlich außer mit Bonbons auch mit ein bißchen Gift fütterte (?). Beileibe nicht in Tötungsabsicht, sondern bloß, um ihr ein wenig Qualen zu verursachen. Es schuf ihr erotische Sensationen, und außerdem kokettierte sie mit ihrer Macht. Wer Gift und das Vertrauen seiner Umgebung in seiner Tasche fühlt, der darf den vermessenen Wahn genießen, gottähnlich über das Leben beliebiger Leute zu herrschen. Er schneidet es lautlos ab, wenn es ihm beliebt. Unsichtbar, unhörbar. Es findet kein Angriff auf das Opfer statt, es kennt seinen Mörder nicht. Er tötet aus der Ferne usw. usw.«

Diese Gedankengänge sind zum Schluß schon ziemlich abwegig. Sie treffen ganz gewiß an einzelnen Stellen Wesentliches, aber der rationale Gedanke, im Giftmord zeige sich ein (weiblicher, spezifischer) Wille zur Macht, widerspricht der spielerischen, tändelnden, der »reinen Tat« bis ins Paradoxe entfremdeten Seelenstimmung und Lebenshaltung, die alle großen Giftmischer aufweisen.

In einer ganz anderen Richtung bewegt sich ein Artikel, der die soziologische Bedeutung dieses und ähnlicher Fälle umschreibt und der die sehr wichtige praktische Frage aufwirft, was solle mit diesen Menschen geschehen? Die Vukobrankovics hat übrigens auch selbst diese Frage gestellt, freilich nicht in dem luziden Intervall zwischen der ersten Rückkehr aus dem Gefängnis und dem zweiten Delikt, sondern später, auf der Anklagebank. Sie hat gesagt: ›Ich gehöre nicht her, vor das Gericht, sondern in ein Sanatorium‹. Hier ist doch Sanatorium nur der milde, gesellschaftlich gehobene Ausdruck für die Heilanstalt für Geisteskranke. Daß aber solch eine Geisteskrankheit, deren bloße Erkennung und Bezeichnung schon unüberwindliche Schwierigkeiten bereitet, eine zum mindesten nicht geringere Schwierigkeit der Heilung entgegensetzen wird, das ist völlig klar. Dies wußte auch die Vukobrankovics. Daher ihr Haß gegen die Psychiater, der den Berichterstattern des ersten Prozesses ebenso auffällt wie denen des zweiten. Sie hat spottend gesagt, die Psychiater des Gerichts erklären nur einen Toten für krank. Aber der Satz wäre auch umgekehrt richtig: Wen die Psychiater für krank erklären, ist für immer tot, das heißt, er wäre auf immer in Detention zu halten, gleichgültig ob man diese Detention Irrenhaus oder Kloster oder Sanatorium nennt. In diesem Sinne spricht sich auch der folgende Artikel aus, der der »Neuen freien Presse« entnommen ist:

»Der Prozeß hat Wien aufgewühlt ... Solange es Menschen geben wird, werden sie der Brunst nach dem Ereignis gehorchen, kein Philosoph wird der Masse den elementaren Vorstoß wehren können, die Raserei hin zu den Fechterspielen, ... der Mensch mit all seinem Anstrich von Kultur ist doch organisch fühlend, dem Elementaren, dem Gewaltsamen zugeneigt, und keine Intelligenz wird ausreichen, diese Tierheit seinem Wesen zu entziehen ... Kommt dazu noch das Flimmern, das Zweideutige dieser seltsamen blassen und zarten Frau, die wie eine Hexe handelt, aber wie eine Dame aussieht und wie eine geborene Rednerin zu sprechen weiß, so wird verständlich, was auf den ersten Blick nichts anderes schien als die phäakische Verschlampung, der Wiener oft genug anheimfallen.« (Gemeint ist offenbar das unbegreifliche Interesse der Wiener an dem Fall und das Fehlen der moralischen Abwehr. Ging doch den Geschworenen des zweiten Prozesses am letzten Tage ein Brief zu, worin stand, die einzige Lösung wäre die, ›man solle unser Königskind Milica Vukobrankovics auf der Ringstraße herumführen, krönen‹!) Der Schreiber des Artikels setzt seine Ausführungen fort wie folgt: »Wir wollen jedoch nicht über den Fall Vukobrankovics sprechen, nur über die Strafe, die das Gericht verhängt hat. Hier ist ein Mensch, der zum zweitenmal seiner-derselben seelischen Einstellung zum Opfer fällt ... niemand kann sich des Eindrucks erwehren, daß hier eine spezifische Sucht, eine düstere Unterströmung, ein Unter-ich vorhanden ist, um ein Wort von Freud zu verändern, etwas, was zwingend und mit gewaltsamer Lockung den Lebensgang dieser Frau in Banden hält. (›Ist Trieb nicht Krankheit?‹ hatte die Mutter der Vukobrankovics gefragt.)

Es ist furchtbar leicht, wie der Staatsanwalt es getan, zu sagen: Giftmischerin, steinigt sie! Ernster ist es jedoch, sich vor das Problem zu stellen, wie schützt man die Gesellschaft vor solchen Unholden, wie tritt man Wesen dieser besonderen seelischen Verkrüppelung entgegen, damit nicht vielleicht in einem anderen Land, vielleicht in zwei, vielleicht in anderthalb Jahren, von neuem das Spiel beginne und vielleicht dann endgültig zum Morde führe. (*Man erinnert sich des Briefes der alten Frau Konegen, die den gleichen Inhalt hatte. Es ist sonderbar: die Diagnose der Krankheit Milica Vukobrankovics stellt ihre alte Mutter, die Therapie dieser Krankheit oder wenigstens den Weg der Prophylaxe gibt eine andere alte Frau an.*) Wie schützt man diese Milica Vukobrankovics und andere Verbrecher dieses Schlages, wenn sie Verbrecher sind und nicht Kranke, deren Krankheit wir noch nicht kennen, vor sich selber?

... Das bequemste ist natürlich der Paragraph, der juristische Schimmel. Ein Mord war nicht vorhanden, denn die Menge des Giftes war zu gering, und sie selber, die Giftmischerin, ist doch zurückgeschreckt vor den letzten Konsequenzen. Folglich kann man ihr nicht die schwerste Strafe geben, man kann sie aber auch nicht freisprechen, denn die Gerichtsärzte melden keine Störung des Bewußtseins, und die Fakultät behauptet dasselbe. Also sagen wir nicht schwarz und nicht weiß, nennen sie nicht Mörderin, aber geben sie doch ins Zuchthaus, lassen sie nicht triumphieren, aber führen auch keinen Axtstoß, der sie für alle Zeiten zugrunde richtet.

Das ist so recht die Methode des juristischen Kleinbürgers. Sie sieht vollkommen ab von dem ganzen Menschen und von der höchsten Aufgabe des Richtertums, die immer darin bestehen muß, Verirrte zur rechten Bahn zu leiten und (*oder!*) Gewähr zu schaffen gegen Wiederholung und Verschlechterung. Milica Vukobrankovics hat drei Jahre bekommen, anderthalb Jahre werden ihr eingerechnet, und wenn sie in Einzelhaft verbleibt, kann sie sehr bald wieder frei sein. Frei mit allen Härten, mit der immer steigenden Verwirrung einer ohnehin zerrütteten Seele. Frei, aber ohne Stütze, ohne Möglichkeit der Betätigung, ohne wirkliche und endgültige Gesundung.

Wer diese Frau während der Verhandlung vor sich gesehen hat, dieses Aufzucken und Aufbegehren, diese herrische Sicherheit des Wortes, muß den Eindruck empfangen, daß im Kern ihrer Seele ein

Komplex von unzerstörbarer Anmaßung und Menschenverachtung schlummert. Ein lauerndes, losbrechendes Temperament, das jeder Schranke spottet. Glaubt man ernstlich, daß dieses Jahr Kerker ein so tief verwurzeltes Übel heilen werde, glaubt man mit diesem Jahr Kerker einem Giftherd beizukommen, der nicht einmal berührt war durch zweijährige strenge Haft, der nicht gereinigt war durch bitterste Erfahrung?« (Auch die Begnadigung, die durch objektive Gründe seitens der Behörden im Verlaufe der Vollstreckung des ersten Urteiles nicht begründet war, ist ganz ohne Eindruck geblieben auf die Angeklagte. Eine Äußerung, die sich darauf bezieht, zitiere ich nachher aus den Aufzeichnungen der Milica Vukobrankovics.)

»Hier enthüllen sich«, fährt der Referent fort, »die ungeheuren Schwächen unseres Strafsystems. Das Oberflächliche und Nichtige des Symptomekurierens. In Amerika würde sicher die Form gefunden werden zur bleibenden Überwachung und zur bleibenden Verbürgung schuldlosen Lebens. (Man hat dies im Falle Henry Thaw versucht. Ob mit Erfolg, ist sehr zu bezweifeln.) Es handelt sich um Pläne, derartige Verbrecher ohne zeitliche Einschränkung, aber in mildester Form in Gewahrsam zu halten, so daß die Strafe nicht etwas Mechanisches ist, eine kurze Cäsur im Laufe der Verbrechen. Es müssen Mittel gefunden werden, um Grenzfälle zu behandeln. Der Fall Milica Vukobrankovics soll Anlaß bieten zu ernsten Gedanken über die Mängel, die Lücken und Schwächen unseres Strafsystems. Dann wird die rauschende Sensation ihren bleibenden Vorteil haben. Sonst war es eben ein Film, der ein Menschenleben gekostet hat.«

Das Buch der Milica Vukobrankovics

Daß Milica Vukobrankovics sich des öfteren schriftstellerisch betätigte, geht aus den beiden Prozessen hervor. Es muß ihr das schriftliche Mitteilen eine innere Notwendigkeit gewesen sein. In diesem Sinne ist auch ihr im Jahre 1924 erschienenes Buch »Weiberzelle 321« interessant, das der Verlag R. Löwit in Wien herausgegeben hat. Es ist ein Buch von 241 Seiten, bringt eine Photographie der Milica Vukobrankovics und ihren Namenszug. Das Inhaltsverzeichnis enthält folgende Überschriften:

1. Kapitel: Den Menschen, die guten Willens sind. 2. Kapitel: Im Namen des Gesetzes. 3. Kapitel: Im Polizeigefangenenhause. 4. Kapitel: Die Überstellung. 5. Kapitel: In der Gemeinschaftszelle des Landgerichtes. 6. Kapitel: Die Einzelzelle.

Weder das Bild der Vukobrankovics noch der Text ihres Buches erklären auch nur im mindesten den ungewöhnlichen Zauber, den die Persönlichkeit im unmittelbaren Verkehr ausströmen mag. Wenn man die oft schwülstigen, unecht philantropischen Schilderungen liest, findet man viel banales, selten ein eigenes Wort, ein mehr oder weniger verschleiertes Bekenntnis. Diese Stellen will ich auch zitieren. Der Stil ist journalistisch lebendig, bisweilen lehrerhaft gespreizt, damenhaft süßlich, aber alles in allem doch interessant. An ein Werk wie die Memoiren aus einem Totenhause von Dostojewski darf man dabei auch im entferntesten nicht denken. Von Dämonie ist bei der Vukobrankovics nirgend auch nur eine Spur. Geschrieben ist das Buch, das wohl vom Verteidiger durchgesehen und zum Druck gebracht worden ist, in der langen Untersuchungshaft vor dem zweiten Prozeß. Es beginnt folgendermaßen: »Nicht für jene schreibe ich, die auf Sensationen ausgehen, die fremde Skandalaffären brauchen, um das eigene Leben interessanter zu finden, – wer Nervenkitzel braucht, der lege dieses Buch aus der Hand. <u>Sensationsgier und Sucht nach Nervenkitzel werden als Motive des Giftmordes bei der Gesche Gottfried angeführt. Ob die Vukobrankovics hier im Unterbewußtsein aufrichtiger ist, als sie es weiß?</u> Wer aber auch im verirrten, kranken, unglücklichen Mitmenschen den Menschen, den Bruder sieht, wer die trübe Brille engherziger Moral abgelegt hat, wer helfen, wer verstehen lernen will, für den sind diese Aufzeichnungen geschrieben. Ich will versuchen, das äußere und innere Leben der Gefangenen zu schildern.

Ist schon eine Psychologie der Gefangenen geschrieben worden? Meines Wissens noch nicht. Ist es aber – allem Ignorantentum und Pharisäerstolz zum Trotze – nicht wichtig, zu wissen, wie Menschen, die über von Menschengehirnen erdachten und von Menschenherzen bestätigten Gesetzen gestrauchelt, in von Menschen bewachten Kerker geworfen werden, wie diese ›Parias der Moral‹ denken, fühlen, und leiden?« Auffällig ist die von vornherein aggressive Stimmung, die automatisch aus jeder Situation sich ergebende »moralische« Überhebung.

Über ihren eigenen Prozeß: »Ich war zweimal in Untersuchungshaft. Das erste Mal in den Jahren 1918 und 19. Damals wurde ich von den Geschworenen in der Hauptsache freigesprochen, jedoch wegen Verleumdung verurteilt, nahm das Urteil nicht an, und wurde schließlich von der Untersuchungszelle weg begnadigt und in Freiheit gesetzt.

Meine zweite Untersuchungshaft fällt in die Jahre 1922 bis 23 und ist heute, am 31. März 1923, nach achtmonatiger Dauer noch nicht zu Ende.

Dieses Buch hat nicht den Zweck, über meine Schuld und Unschuld zu diskutieren. Meine persönlichsten Angelegenheiten sollen hier überhaupt nicht berührt werden. Nur das, was von allem, was ich erlebte oder an anderen beobachtend miterlebte, Anspruch auf allgemeine Gültigkeit hat und allgemeines Interesse hat, will ich erzählen ...

Um die Diskretion, die ich mir auferlegen muß, nicht zu verletzen *(wohl auch, um sich selbst nicht zu belasten! Denn diese Aufzeichnungen konnten vom Untersuchungsrichter gelesen werden und wurden es wahrscheinlich auch, obwohl der Prozeß keinen Aufschluß darüber gibt)* bin ich gezwungen, manches, das ich selbst erlebte, als von anderen erlitten und manches fremde Erlebnis als mein eigenes hinzustellen.« (Für die letztere Version findet sich im Buche kaum ein sicheres Beispiel. Es bestand dazu auch nicht die geringste Notwendigkeit. Es ist bloß der Ausdruck der Vorsicht, derselben dummschlauen Denkungsart, die die Milica Vukobrankovics dazu brachte, die Gifttöpfe in die Wohnung der Eheleute Piffl zu bringen, um dadurch einen fremden

Menschen zu belasten, oder die raffinierte Methode, sich das Bleiweiß von einem Drogisten zu verschaffen, der auch Staubzucker führte.)

»Ort und Zeit«, fährt die Vukobrankovics fort, »erscheinen dadurch verändert, nicht aber die innere Wahrhaftigkeit dieser Zeilen. Denn vieles, was meine Leidensgenossinnen erfahren und erdulden mußten, erschütterte mich so sehr, als hätte ich es selbst erlebt. *(Das kann doch unmöglich der Grund sein, fremde Erlebnisse als die eigenen hinzustellen.)*

Es ist selbstverständlich, daß unter den Umständen, unter denen diese Blätter geschrieben sind, an die Wahrung einer auch nur menschlichen Objektivität nicht immer gedacht werden kann. Hier ist alles nur vom Standpunkt des Inhaftierten aus betrachtet und gewertet ... Ich gehe dabei nicht von der Voraussetzung aus, daß diese Aufzeichnungen einmal in die Öffentlichkeit gelangen ... Ich möchte diese Blätter einem Menschen in die Hand geben, der das wichtige und wesentliche daraus verwertet, ohne dabei an die Verfasserin zu denken. Wenn die Bilder einer Welt, die ich hier als ehrlicher und gewissenhafter Chronist aufzeichne, auch nur das Herz eines Menschen zu fassen und zu erschüttern vermögen, der den Willen und die Macht hat, Härten aus der Welt zu schaffen und zu lindern *(Wer sollte das sein? Der Verteidiger? Der Untersuchungsrichter? Der Präsident der Nationalversammlung, der die Vukobrankovics aus der ersten Haft heraus begnadigt hat, ohne daß sie seiner gedenkt? Denn sie stellt es so hin, als hätte bloß ihr ›ich nehme das Urteil nicht an‹ ihre Freilassung bewirkt)* , dann ist ihr Zweck erreicht, und ich fühle mich für die Arbeit, der ich mich aus Interesse unter den schwierigsten äußeren Verhältnissen unterzog, herrlich belohnt.«

Im zweiten Kapitel, das sie wie der gute Wiener Autor Wildgans mit den pathetisch-banalen Worten »Im Namen des Gesetzes« betitelt, finden sich folgende bemerkenswerte Stellen: »Die Leiden der Haft, der Untersuchungshaft setzen stürmisch und mit einem Höhepunkt der Qual ein – mit der Verhaftung selbst, die in den meisten Fällen überraschend kommt, selbst für jene, die auf diesen Augenblick seit Monaten warten.« Dieser Gedanke wird einigemal an Beispielen erläutert und fast wörtlich noch zweimal wiederholt. Er ist also nicht gleichgültig, sondern sehr wesentlich.

Ich zitiere hier aus dem außerordentlich wertvollen Buche von Dr. J. Scholz über die Giftmörderin Gesche Gottfried, von der schon früher die Rede war, und der wir wichtige Aufschlüsse über die Metaphysik des Giftmordes verdanken, eine Stelle, die sich auf das Warten auf die Verhaftung bezieht. Der Giftmörder mordet nämlich nicht ins Blaue hinein, er will den Schatten seiner Tat sehen. Er ist, und darin gleicht die Vukobrankovics sehr ihrer größeren, teuflischeren Schwester Gesche Gottfried, auf der Suche nach der Identität. Er drängt sich an das Opfer heran, auch wenn er das Gift schon abgegeben hat und nichts mehr zu tun hat. Wie die Giftmörder nur auf die Wirkung des Giftes warten, warten sie auch auf die Wirkung des Giftmordes auf sich selbst, das ist: die Verhaftung und Untersuchung. Für beides bringt der Fall Gottfried außerordentlich bezeichnende Schilderungen. Für das erste: »Denjenigen, denen ich aus *Trieb* etwas gab«, sagte die Gottfried aus, »gab ich weniger als den anderen. Wenn sie weg waren, hatte ich Unruhe, wie es mit der Person geworden war. Ich schickte nächsten Tages unter leerem Vorwande hin und erfuhr dann jedesmal die Wirkung, nämlich Erbrechen.« So drängt sich die Vukobrankovics in das Haus Piffl und besonders an die Frau Stülpnagel mit krankhafter Neugierde, doppelt bemerkenswert bei ihrer sonstigen Zurückhaltung, heran.

Über die Verhaftung und die Erwartung derselben bei der Gottfried: »Um zwei Uhr erschien die Gerichtsbehörde in ihrem Zimmer. Die G. lag noch im Bett, sie war äußerlich ziemlich gefaßt, innerlich offenbar voll Angst. Auf die Anrede des Gerichtes, es gingen hier im Hause so eigene Dinge vor, die eine genaue Untersuchung erforderten, beging sie gleich die Unbesonnenheit, zu antworten, es habe sie auch schon längst verlangt, eine Untersuchung über sich ergehen zu lassen.« So hat die Vukobrankovics die schon auf Betreiben der gutherzigen, humanen Frau Piffl eingestellte Untersuchung wieder durch ihre »Komödie« aktiviert. Über die Gefühle vor der Gefangennahme erzählt sie in dem Buche verschiedenes, teils als selbst erlebt, teils als von anderen erlebt: »Eine Hebamme, der eine Patientin an den Folgen eines Eingriffs gestorben war, erzählte mir (der Vukobrankovics), wie sie von Stunde zu Stunde gewartet habe, bis die Polizei sie holen komme. Bei jedem Glockenzeichen sei sie tödlich erschrocken. Schließlich habe sie es daheim nimmer ausgehalten und sei planlos und ziellos durch die Straßen gelaufen, bis sie schließlich zu einer Kirche kam. Dort habe sie zum heiligen Judas Thaddeus gebetet, und sei dann ruhiger wieder heimgekehrt und daheim verhaftet worden.« (An anderer Stelle erzählt sie, man habe sie, die Vukobrankovics, einige Tage durch Detektive beobachten lassen. Aber ihrer Aufmerksamkeit zum Trotz habe sie fünfmal an einem Nachmittag das Haus verlassen. Ist das nicht: Planlos Hin- und Herirren?)

Als Gegenstück, aber offenbar erfunden und gar nicht charakteristisch, folgendes: »Eine andere Frau erzählte mir wieder, wie viel sie vor ihrer Verhaftung gebetet habe. In allen möglichen Kirchen sei sie gewesen, Messen habe sie lesen lassen, nun sei sie aber böse und wolle überhaupt nimmer beten. Es helfe ja doch nichts.«

Die Vukobrankovics behauptet zwar, vorher von dem hl. Thaddeus von ihrer Schulzeit her bloß gewußt zu haben, daß er ein Verwandter des Heilandes gewesen sei und daß ein sehr altes Bild, ihn darstellend, in der Jesuitenkirche »zu den neun Chören der Engel« am Hof in Wien verehrt werde. Als sie nun in der Gemeinschaftszelle ein Bildchen dieses Heiligen sieht, erkundigt sie sich bei einer Leidensgefährtin sofort, was es für eine Bewandtnis mit dem Bildchen habe. »Was, Sie kennen den hl. Judas Thaddeus nicht?« habe die Leidensgefährtin geantwortet, »und nun erzählt man mir von dem wundertätigen Bilde am Hofe, dessen Kopie ebendieses Bildchen vorstelle. Viele Votivtafeln in der genannten Kirche sollen Zeugnis davon ablegen, wie der Heilige jenen geholfen habe, die vertrauensvoll zu ihm flehten. Und – berichtet meine Erzählerin weiter – sie selbst sei oft in jener Kirche vor dem Gnadenbilde gekniet und habe dort auch diese und jene Leidensgefährtin aus unserer oder der Nachbarzelle gesehen.«

Aber es ist gar nicht die »Leidensgefährtin«, die den Heiligen und das alte Bild genau kennt und sich vor der erwarteten Verhaftung dorthin flüchtet, sondern sie selbst ist es. Und wenn sie sagt, sie hätte es bloß in der Schulzeit gekannt, so ist es eine Lüge und doch auch die Wahrheit. Das ist nicht die Schule, in die sie als Schülerin ging, sondern die, in der sie Unterricht erteilt hat, denn während dieser Schulzeit hat sie die Giftmordversuche im Hause Piffl unternommen. Wie sie weiter über die Sache spricht, beweist sehr deutlich, daß es ihre eigene Sache ist, um die es sich dreht.

»Allerdings ist es keine gute Reklame für den Heiligen, wenn die, die bei ihm Zuflucht suchen, nachher doch eingesperrt werden. Vielleicht hilft er später bei der Verhandlung. (!) Andererseits wäre es doch auch wieder ein schönes Zeichen seiner Unbestechlichkeit, wenn er der ›Gerechtigkeit‹ nicht in den Arm fiele.

Ja, Not lehrt beten, sagt ein altes Sprichwort, für dessen Richtigkeit ich unter meinen Mithäftlingen eine Reihe von Zeugen fand. Manch eine, die früher nie an Gott gedacht hatte, rannte zähneklappernd in die Kirche, als die Polizei hinter ihr her war, und betet jetzt, in stiller Zelle, ein Vaterunser nach dem anderen. Theoretisch erklären kann ich mir das, der Mensch sucht eben in seiner höchsten Not einen Trost, eine Stütze, eine Hoffnung; und je hoffnungsloser der Fall ist, desto brünstiger hofft er, weil natürliche Mittel ihn nicht mehr retten können, auf ein übernatürliches, auf das Wunder. Er fleht und betet um das Unmögliche zu Gott und zu seinen Heiligen und vermag durch seine Inbrunst eine ganze Schar von Zellengenossen mitzureißen.«

Nachdem sie so sehr ergreifend ihren eigenen Seelenzustand geschildert hat, nimmt sie schlau im folgenden alles wieder zurück.

»Theoretisch kann ich das, was ich eben gesagt, begreifen, persönlich nachfühlen aber nicht.« Aber es ist unverkennbar ihr eigenes Gedankensystem, das überall sich geltend macht. Das *Merkantilische*, Manchesterartige ihrer Weltanschauung, das schon in ihrem Verhalten zu der Firma Stülpnagel in Erscheinung getreten ist, macht sich sehr charakteristisch geltend bei den Worten: es sei keine Reklame für den Heiligen, nicht geholfen zu haben.

»Ist eine Religiosität«, fragt sie offenbar sich selbst, »die sich nur im Unglück und auf Hilfe spekulierend zeigt, nicht höchst unmoralisch? Und sollte man nicht meinen, daß gerade der vom Unglück verfolgte oder auch nur der mit Unglücklichen fühlende Mensch denken müsse, wenn so viel Jammer, so viel Ungerechtigkeit auf der Welt sei, könne es doch keinen höchst gerechten und weisen, allwissenden und allmächtigen Gott geben?«

Die Vukobrankovics übt nun strenge, an manchen Stellen auch verständige Kritik an den Polizeibehörden und den Gerichten, denen sie unnötige Härte vorwirft. Sonderbar klingen diese philanthropisch angehauchten Erörterungen aus dem Munde gerade dieses Menschen.

Sehr charakteristisch für die Verwirrung der Rechtsbegriffe ist folgende Darlegung, die zeigt, wie schlecht, wie unlogisch die Vukobrankovics denkt. Ihre Schlüsse sind scharf, aber zwingend nur durch ihre Schärfe, nicht durch ihre Wahrheit.

»In den Wachzimmern der Sicherheitsorgane *(solche amtliche Ausdrücke liebt die Vukobrankovics im allgemeinen sehr, so sprach sie in der Verhandlung auch von dem ›Lehrkörper‹ der Schule)* sind stets die Fälle plakatiert, die der Aufklärung harren, mit der Angabe des Preises (!) natürlich. Ist es ein Wunder, wenn man nicht gerade sich für die am schlechtesten honorierten Fälle am meisten interessiert? In den anderen Ämtern *(im Original gesperrt gedruckt)* wird es streng bestraft, wenn eine Partei dem Beamten ein Geschenk macht, um ihre Angelegenheit schneller erledigt zu wissen.«

Hierbei sind folgende Irrtümer der Vukobrankovics unterlaufen. Erstens wenden sich diese Plakate mit den Geldprämien nicht so sehr an die Beamten, als vielmehr an das Publikum, um es zu reizen, sonst vielleicht unbeachtete Wahrnehmungen, die zur Entdeckung eines Verbrechers dienen können, dem Gerichte mitzuteilen. Zweitens ist es ein fundamentaler Unterschied, ob man das rechtlich positive Bestreben, den Schuldigen zu eruieren, mit einer Prämie belohnt, oder ob eine »Partei« einen Beamten zu bestechen sucht, damit er das Recht beuge.

Einen Rechtsbegriff im tieferen Sinne hat die Vukobrankovics überhaupt nicht. Sie glaubt auch nicht daran, daß andere ihn haben könnten. Deshalb wurden die Aussprüche in der Verhandlung als so bezeichnend angeführt, daß man sie aus *sadistischen* Gründen im Gefängnis schlecht behandele. Auch das Fakultätsgutachten weist darauf hin, daß sie gerade in Rechtssachen eine blinde Stelle in ihrer Seele hätte, »es eben nicht begreife«. Auch die Memoiren enthalten eine in diesem Sinne bezeichnende Stelle.

– »Plötzlich – es dämmerte schon – wurde auch meine Zellentür wieder geöffnet – ich war bis jetzt noch immer ruhelos auf- und abgerannt – und Dr. Bruno (der Polizeikommissar) holte mich in höchsteigener Person nach oben in seine Kanzlei. Gleich auf dem Wege beschwerte ich mich bei ihm wegen der mir zuteil gewordenen schlechten Behandlung und wegen des Schmutzes in der Zelle. Er *heuchelte* Bedauern und sagte, gegen die Hausordnung könne er nichts machen. Aber ein zufriedenes Lächeln umspielte seine Lippen und gab der *Freude* Ausdruck, daß die moderne Folter so gut funktioniere. In seinem Büro angekommen, meinte er zu mir: ›Es ist ja in Ihre Hand gegeben, diesem Zustand, den Sie als so qualvoll empfinden, ein Ende zu machen. Legen Sie ein reumütiges Geständnis ab, und ich werde trachten, Sie zu enthaften.‹

Wie viele sind auf solche Versprechungen schon hereingefallen und haben unter dem Druck der vorhin geschilderten Qualen und in der Hoffnung, diesen Qualen dadurch ein Ende zu machen, ein *fingiertes* Geständnis abgelegt.« Nun erzählt sie ausführlich von einer unschuldig verhafteten Geschäftsfrau. Dann setzt sie fort: »Aus meiner Art, wie ich auf die verschiedenen Schikanen und Quälereien reagiert hatte, schloß Dr. Bruno, daß man bei mir mit der Einschüchterungsmethode nicht viel erreichen könne, und suchte nun, mir durch freundliches Entgegenkommen Vertrauen einzuflößen. Da er mein blasses Aussehen bemerkte, schrieb er mir einen Zettel, daß ich auch tagsüber das Bett benützen dürfe. Damit widerlegte er allerdings durch die Tat seine früher aufgestellte Behauptung, daß er auf Dinge, die das Gefängniswesen betreffen, keinen Einfluß habe. (*Aber vor allem widerlegt er durch dieses humane Wesen die Behauptung der verleumderischen Vukobrankovics, daß er das Bedauern ihr gegenüber nur geheuchelt habe. Das geht auch aus dem folgenden hervor.*) Er bot mir eine Zigarette und Feuer, zündete dann selbst eine Zigarette an und redete mir zuerst eine Weile freundlich zu.«

Sich selbst stellt die Vukobrankovics immer als Menschenfreundin hin. Sie allein hat »ein Herz« für die armen Kreaturen, während »es Polizeibeamte gibt, denen wehrlosen Frauen gegenüber der Mut wächst und denen es eine Art *Vergnügen* bereiten muß, diese armen Geschöpfe zu erschrecken. »Kurz vor meiner jetzigen Haft«, erzählt die Vukobrankovics, »ging ich einmal spätabends von einem Konzert nach Hause. Mein Weg führte mich durch die Kärntnerstraße. (*Diese Straße entspricht der Friedrichstraße in Berlin.*) Vor mir trippelte eng an den Häusern entlang ein kleines Frauenzimmer. Ich beachtete sie nicht weiter und sah erst später, daß sie ungefähr fünfundzwanzig Jahre alt und entweder geheim oder behördlich sanktioniert der Prostitution ergeben gewesen sein dürfte. (*Curialstil.*)

Plötzlich fuhr aus einem Winkel ein Wachmann so auf sie los, daß ich unwillkürlich erschrak. Er packte sie an der Schulter und schnauzte sie an: ›Bist schon wieder da, du Kanaille, jetzt kommst aber gleich mit.‹ Sie weinte, sie bettelte, alles vergeblich. Er nahm sie unsanft beim Arm und wollte sie fortführen. Da verstellte ich ihm den Weg, verwies ihm ein barsches Benehmen in höflichen Worten und ersuchte, das Mädchen frei zu lassen, da ich selbst hinter ihr hergegangen sei und mich dafür verbürgen könne, daß sie nichts Unrechtes getan habe. Da kam ich aber schön an! Nun entlud sich das Unwetter über meinem Haupte, und mit knapper Not entging ich der Verhaftung wegen »Einmengung in eine Amtshandlung«. Der Wachmann aber zog mit seiner Beute ab. Es ist für die Vukobrankovics überhaupt sehr charakteristisch, daß sie immer den Wahn oder den Trieb hat, Justiz zu spielen. Mit Recht hat der Staatsanwalt gerügt, daß sie bei der zweiten Verhandlung unaufhörlich in den Gang der Verhandlung aktiv eingreift, oft mit scheinbarer Berechtigung, oft aber auch ganz willkürlich und fast immer mit Erfolg. Auch im ersten Prozeß hat sie bestimmte Zeugenaussagen gefordert, die Psychiater strikt abgelehnt. Dann wird es auch verständlich, daß sie, statt für ihre Begnadigung dankbar zu sein, einfach sagt: ich habe das Urteil nicht angenommen.

Die sentimentale Einstellung, die Giftmörderinnen oft zu eigen ist, ersieht man aus der folgenden Stelle, die vielleicht auch etwas homosexuellen Einschlag hat. Freilich ist das erotische Gebiet gerade bei den Verbrecherinnen schwer zu erforschen. Erotische Interessen sind, bei einer solchen Frau ganz besonders, allgemeine Lebensinteressen, und die genaue Scheidung von den anderen Lebensbezirken und anderen Gefühlsregungen ist schwer durchzuführen. Auch hier. Die Stelle lautet: »Während meiner Verhaftung mußte ich plötzlich an meine Lieblingsschülerin aus dem Vorjahr denken. Ich sah ihre großen, schönen Kinderaugen auf mich gerichtet und fragte mich voll schmerzlicher Neugier: ›Was wohl die kleine Käthe dazu sagen wird, wenn sie es erfährt.‹«

Dabei ist allerdings sicher, daß »die kleine Käthe« nicht allein das schöne, unschuldige Mädchen mit den »Kinderaugen« bedeutet, sondern die ganze Welt der Schule, der Bürgerlichkeit oder besser der Kleinbürgerlichkeit. Dieses kleinbürgerliche Element, Ordnungsliebe und sentimentales Hängen an Gegenständen ist allerdings sehr stark bei der Vukobrankovics. Ganz anders bei der Gesche Gottfried. Diese sagte aus: »Meine Bestürzung, meinen Schreck und Gefühl (als ich verhaftet wurde) kann ich unmöglich beschreiben ... Stelle dein Schicksal Gott anheim, sagte ich im stillen zu mir selbst. Du bist für diese Welt verloren und wirst dein Haus nicht wieder betreten.«

Als die Vukobrankovics erfährt, daß man genaue Hausdurchsuchung (ohne etwas zu finden) in ihrem Zimmer gehalten habe, ist sie tief erschüttert. Ja, es scheint, daß alles andere nicht so tief gegangen ist. Sie schreibt darüber: »Es läßt sich nicht beschreiben, daß in meinem Heiligtum, in meinem Schreibtisch, in meinem Bücherkasten, wozu ich keinem Menschen, nicht einmal meiner Mutter (?) Zutritt gewährt hatte, nun fremde Fäuste gewühlt und das Unterste zuoberst gekehrt hatten. Ich glaube an das, was Strindberg in einem seiner Werke ›die lebende Materie‹ oder ›die belebte Materie‹ nennt. Die Dinge, unter denen ich aufgewachsen bin, sie sind für mich gute Kameraden, jedes dieser Stücke hat sein eigenes Leben, seine besondere Geschichte, und oft glaube ich, daß auch sie mich kennen und lieben. (!) Die Sehnsucht nach diesen Gegenständen, nach unserem Haus, nach meinem Zimmer, nach dem Bücherkasten, dem Klavier und der Gitarre packt mich jetzt oft unbeschreiblich heiß und heftig und steigert die Qualen der Haft zur Unerträglichkeit ... Es war ein Schmerz, als ob man mir einen guten Freund gemordet hätte.« Sie hat aber keinen »guten Freund«, wenigstens kennt sie keinen Menschen, nach dem sie die Sehnsucht »unbeschreiblich heiß und heftig packe«. Sind das die Gefühle der alten Jungfer, der Urschel, oder ist es der Ausdruck dafür, daß ein zum Spielen verdammter Mensch nirgends mehr festen Boden unter den Füßen hat und sich in seinen Zweifeln der Identität an die leblosen Dinge klammert, von denen er sich geliebt glaubt, weil er selbst sie liebt, während die belebten Dinge, das heißt, die Menschen nur zu sehr unter ihm zu leiden haben und er auch unter ihnen. Sie wird nicht müde, über diesen Eingriff in ihr wertvollstes Gut zu jammern. Kaum ein Wort über die Mutter, deren einzige Tochter und einzige Freude sie ist, sondern wieder nur folgendes: »Namentlich für Bücher hatten die Menschen, die meinen Bücherkasten durchwühlten, kein Herz. Da waren Einbanddeckel losgerissen und gebrochen, Seiten beschmutzt, Blätter eingerissen und eingebogen.« Sie sagt später selbst, es handle sich dabei um rein sentimentale Regungen, tut aber diese abschwächende Äußerung nur deshalb, damit man in der Sorge um ihr Eigentum nicht die Angst vor der Bestätigung des Giftverdachtes wittern möge.

Für ihr erotisches Gefühl zu Frauen spricht folgende Stelle. Sie erzählt: »Eine Zellengenossin, ein hübsches, blutjunges Mädchen aus sehr gutem Hause, war während der Kriegszeit verschiedener politischer Delikte beschuldigt worden. Wegen ihrer knabenhaften Körperformen, ihres kecken Bubengesichtes und ihres oft jungenhaft übermütigen Benehmens wurde sie von Angehörigen Sascha genannt, und auch wir (in der Zelle) pflegten sie mit diesem Bubennamen zu rufen. Sascha gehörte wirklich einer geheimen Vereinigung von Anarchisten an usw.«

Es kommt ihr nicht darauf an, für die Republik in Österreich ein gutes Wort einzulegen, an einer anderen Stelle setzt sie sich, an sich nicht unvernünftig, gegen den ominösen Abtreibungsparagraphen ein, der bloß die sozial schlecht gestellten Schichten treffe und die gut bürgerlichen Kreise schone.

Wie sehr der Vukobrankovics das Geschäftliche ins Fleisch und Blut gedrungen war, erhellt auch aus folgender Stelle. Man darf dabei nicht annehmen, daß im Geschäfte Stülpnagels für sie besondere materielle Vorteile bestanden. Sie mag da Eigennutz ebensowenig bewiesen haben, als er auch sonst bei ihr in Erscheinung tritt. Wohl bedeutet die leitende Stellung, die gesicherte Gegenwart und sorgenlose Zukunft, beides hatte die Vukobrankovics schätzengelernt, aber ihr eigenes Schicksal hätte ihr doch näher liegen müssen als das Schicksal des Geschäftes. Und doch gelten ihre ersten Gedanken, Bedenken und Sorgen bei der Verhaftung nicht ihr selbst, sondern der Firma. – Man geht vielleicht nicht fehl, wenn man ihr wenigstens in diesem Punkte glaubt. »Da ich die Kassenschlüssel und andere Schlüssel des Büros bei mir trug und aus Erfahrung wußte, daß man, wenn man bei einer österreichischen Behörde zu tun hat, nicht unter ein paar Stunden wegkommt, ersuchte ich den (verhaftenden) Detektiv, mich entweder vorerst ins Büro zu begleiten oder mir sonstwie Gelegenheit zu verschaffen, die Schlüssel einem zuverlässigen Menschen zu übergeben, da ich für die Kasse verantwortlich sei und man im Büro Geld und Geschäftsbücher dringend brauche. Erst nach mehr als 24 Stunden wurde dieser dringenden und sicher gerechtfertigten Bitte entsprochen. Auf der Polizei angekommen, wieder dasselbe Warten. Ich saß wie auf Kohlen. Im Büro lag viel Arbeit für mich, und ich allein trug die ganze Verantwortung, da der Chef (an Bleivergiftung) krank lag. Ein Teil des Personals war auf Urlaub, ein anderer neu eingetreten und noch nicht so versiert, außerdem hatte ich mir für den Vormittag mehrere Parteien zu Besprechungen bestellt, wollte Geld kassieren, sollte Rechnungen bezahlen ... Viertelstunde auf Viertelstunde verrann, der Kommissär kam nicht. Ich saß mit der Uhr in der Hand und wartete.«

Sehr charakteristisch ist eine Stelle im dritten Kapitel des Buches. Der Aufsichtsbeamte kann den undeutlich geschriebenen Namen der Vukobrankovics nicht lesen. »Nachdem er eine Weile studiert und sich hinterm Ohr gekratzt hatte, fragte er in fast beleidigtem Tone: ›Wia haßen Se?‹ Ich gab ruhig Auskunft, innerlich allerdings mit einiger Unsicherheit. Denn ich hatte in den letzten Tagen und Stunden solche Aufregungen und Gemütserschütterungen mitgemacht und war namentlich nach meinen Personaldaten so oft und eindringlich gefragt worden, daß ich wirklich schon zu zweifeln begann, ob ich wirklich ich sei, ob ich immer noch so und so heiße und ob *ich je so geheißen* habe. (!)

Ich habe in der Folge Stunden erlebt, in denen ich mir die Nägel ins Fleisch grub, um mich zu versichern, daß alles Wirklichkeit sei, daß ich noch lebte, wachte und nicht einen bösen Traum träumte.«

Manches wieder ist albern romanhaft, es stammt eben aus einer Zeit der Courths-Mahler, des Kinos. »Die Ruhe, die einen umfängt«, erzählt die Vukobrankovics, »hat nichts wohltuendes, sie ist furchtbar bedrückend und aufregend. Sie kann zur Verzweiflung, zur Raserei bringen. ›Lebendig begraben‹ mußte ich in einem fort denken, und noch heute verfolgt mich dieser Gedanke. Und doch ist dieser Zustand noch bedeutend ärger, als lebendig begraben sein (!), denn der lebendig Begrabene stirbt in kurzer Frist – dann ist er erlöst –. Die Qualen der Haft aber dauern lange ... In kurzen Zeiträumen kam der Posten an meiner Tür vorbei, dann guckte er herein. Mir kam blitzartig der Gedanke: ich werde warten, bis er weitergeht, dann werde ich schnell meinem Leben ein Ende machen, den

Kopf gegen die Mauer rennen oder die Pulsadern durchbeißen (!). Dann dachte ich aber weiter: wenn sie mich tot finden, werden sie sagen, ich sei doch schuldig gewesen, ich habe mich selbst gerichtet ... ich erkannte daher, daß es nötig war, unter allen Umständen durchzuhalten und diesen Kampf zu Ende zu kämpfen.« Das ist allerdings nur Phrase. Echter ist folgende Klage, und wenn sie auf Wahrheit beruht, machte sie der Stadt Wien und ihrer Polizei keine Ehre: »Es war kein Trinkgefäß, auch kein Becher in der Zelle, ich hätte also aus dem Kruge trinken müssen. Da auch keine Waschgelegenheit in der Zelle vorhanden war, benützte ich das Wasser im Kruge, um mir ein wenig Wasser auf das Taschentuch zu gießen und mich so zu waschen. Angeblich soll im Polizeigefangenenhaus auch ein Bad sein, doch hat man mich *nie* hingeführt, und auch meine Leidensgenossinnen haben es nie gesehen.«

Das Bett besteht aus einer eisernen Bettstelle, darauf liegt ein zerrissener Strohsack aus graubrauner Sackleinwand, ein eben solcher Polster und eine dunkelbraune, pferdedotzenähnliche Decke. »Mich ekelte«, sagt die Vukobrankovics, »als ich dieses Bett näher besah. Strohsack und Polster zeigten reichlich Spuren zerdrückter Insekten, daneben auch Blutflecke und Flecken undefinierbarer Herkunft ...« Natürlich sind auch Wanzen in reichlicher Menge vorhanden. »Fiel solch ein Tierchen von der Decke auf mein Bett«, erzählt sie weiter, »daß ich es mühelos mit der Hand erreichen konnte, oder kam es gar meinem Gesicht zu nahe, was ich, wenn ich es nicht sah, sofort an dem unleidlichen Geruch erkannte, dann gab ich ihm mit dem Finger einen Stüber, so daß es in sanftem Bogen zur Erde fiel. Ich habe einmal gehört, daß es mancher alte Türke ebenso machen soll. Was ich nicht mühelos erreichen konnte, ließ ich ungestört. Zwar spürte ich bald ein heftiges Krabbeln, Jucken und Brennen am ganzen Körper, doch war ich zu stumpf, um etwas dagegen zu tun.

... Ich mußte weiter denken, wie ungerecht und hart die Menschen doch eigentlich sind. Was tut uns die Wanze? Sie beißt uns, und der Schaden ist so gering, daß er, juristisch gesprochen, nicht einmal einer leichten Körperbeschädigung gleichkommt. *(Als leichte Körperbeschädigungen sah die Vukobrankovics ihre eigenen Taten an.)* Was tun wir Menschen dafür der Wanze? Wir verurteilen sie zum Tode und vollstrecken dieses Urteil nicht immer auf die humanste Art ... Ich war so apathisch, daß ich für die aktiven Gefühle, die mich bei Tage beseelten, Zorn, Scham, Trotz, Enttäuschung, Erbitterung, keine Kraft mehr fand, sondern still dalag, in Schmerz aufgelöst. Manchmal schwieg für Augenblicke dieser Schmerz – dann betrachtete ich das ganze Erlebnis, meine Umgebung, mein Schicksal, mich selbst mit gespanntem, fast neugierigem Interesse – als ob ich ein unbeteiligter Zuschauer wäre. Ich fragte: Wache ich oder träume ich? Bin ichs oder bin ichs nicht? Lebe ich oder bin ich tot?«

Sehr interessant sind die moralisierenden Betrachtungen der Vukobrankovics. Es ist schon aufgefallen, welche eigenartige Kraft sie treibt, Gerechtigkeit zu spielen. Im ethischen Sinn wird sich die Vukobrankovics trotz gelegentlicher Reue allen anderen, und besonders den Berufsrichtern und Polizeibeamten gegenüber, im Punkte des Rechtsempfindens überlegen gefühlt haben. Das Moralisierende, Frömmlerische wird man bei der Gottfried noch viel deutlicher fühlen, das Courthsmalerische ist bei der anderen, einer ganz geschlossenen Persönlichkeit, noch viel exemplarischer zum Ausdruck gekommen. Daß aber die Vukobrankovics zu Gericht sitzt, und zwar nicht über sich, sondern auch über andere, das ist eine Eigenheit, die sich nicht so bald wiederholt. Sie erzählt: »In der ersten Nacht, wenn der Gefangene das erste Mal wieder mit sich allein ist, tritt gewöhnlich die erste Ernüchterung nach der Tat ein. Er legt sich Rechenschaft ab über sein Tun und fühlt und ahnt wohl die näheren und entfernteren Folgen zum erstenmal. Später sorgen schon die meisten Herren von der Polizei und vom Gericht dafür, daß diese Reue wie jede andere bessere Regung im Häftling unterdrückt werde. Sie bringen in der Regel dem Geständigen so wenig Verständnis entgegen, nehmen überall die schwärzesten, unedelsten Motive an, sehen die böseste Absicht und halten jeden für schlechter, als er in Wirklichkeit ist, so daß sich auch der Schuldigste ungerecht behandelt fühlen muß. Das weckt Erbitterung und Trotz, durch die die Herren sich selber schon manches Geständnis verscherzt (!) haben – und durch sie auch in den meisten Häftlingen die Reue ertöten. Wahre Reue ist für den Verirrten das erste und wichtigste Heilsmittel, denn nicht die Strafe läutert ihn, die Strafe verdirbt ihn nur ...«

»Mir ist es in der Folge mehreremal geschehen, daß Frauen, die den Richtern gegenüber die ihnen zur Last gelegte Tat leugneten, mir ihr Vergehen unter den Zeichen lebhaftester Reue eingestanden haben und mir, da ich sie zu trösten, aufzurichten und zu gutem Vorsatz zu bewegen suchte, unter Tränen das Versprechen gaben, sich in Zukunft nie mehr gegen die Gesetze verfehlen zu wollen.«

Offenbar von sich selbst spricht sie in folgender Stelle: »Da hat einer vielleicht wirklich einmal einem anderen eine leichte Körperverletzung zugefügt, er bereut sein Tun, und es drängt ihm (!) förmlich, sich dem Kommissar oder dem Richter anzuvertrauen. Aber Richter und Kommissar wollen von der leichten Körperverletzung nichts wissen – ein interessanter Fall winkt – die Affäre wird als versuchter Mord hingestellt, obwohl der ›Ermordete‹ lebt und heil und gesund ist. Der Täter erschrickt – Mord? Das war nicht seine Absicht und war auch nicht geschehen. Wenn er sich nun nicht als ›Mörder‹ verurteilt wissen will, bleibt ihm nur das eine Mittel, die Handlung als solche überhaupt in Abrede zu stellen, also auch die leichte Körperbeschädigung zu leugnen. Er wird verbittert und verzweifelt an der Gerechtigkeit überhaupt.«

Zweifel an der irdischen Gerechtigkeit spricht sie wiederholt aus: »Die innere Ungewißheit: der Verhaftete wisse nie, wie die Sache ausgeht, weil er nie weiß, wie sie von den Herren, von denen sein Schicksal abhängt, aufgefaßt werden wird. Vielleicht ist diese innere Ungewißheit bei der zweiten Verhaftung noch größer, weil man da schon Erfahrung hat und weiß, von welchen Zufällen man abhängig ist und wie wenig man auf Menschlichkeit rechnen darf.« (Dabei war sie doch nach kurzer Strafhaft begnadigt worden. Wer konnte auf Menschlichkeit rechnen, wenn nicht sie?) An anderer Stelle spricht sie von ihrem empörten Gerechtigkeitsgefühl, aber es ist eher Größenwahn und Verfolgungswahn, die sich überhaupt gern kombinieren. Denn wenn man eine sittliche oder geistige Größe nicht anerkennt, wie es ihrem Wahne entspricht, wird sie sich verfolgt wähnen, und ihr Gerechtigkeitsgefühl wird sich empören. Aber dieser Größenwahn erstreckt sich auch auf die Mitgefangenen: Sie gibt ihnen »prächtige Anlagen«, die nur durch die Haft zerstört würden. Die Haft, die Strafe ist an allem schuld, davon wird sie niemand abbringen. Daß Haft nicht bessernd wirke, wird wohl richtig sein, aber ebensowenig wird sie den seelischen Kern eines Menschen anfressen können, eher versteinern. Und vor allem ist Strafe und Haft nur die Notwehr der menschlichen Gesellschaft, und man müßte ohne Voreingenommenheit gegen die Vukobrankovics sagen, die Haft für sie kann zwar nicht mild und rücksichts-voll genug sein, aber ebensowenig darf sie zu kurz währen. Nicht als Strafe, sondern als Schutz und Prophylaxe. Sie selbst sagt: »Der Mensch wird in der Zelle verbittert, gereizt, kleinlich, boshaft, er vertiert allmählich. Und wenn er dann nach monatelanger Haft in den Gerichtssaal kommt, zeigen juristische Richter, Staatsanwalt und Psychiater mit dem Finger nach ihm und rufen entrüstet: Seht doch diesen schlechten, boshaften, gemeinen Menschen. Daß aber der Mensch erst in der Haft so geworden ist, daß er die Schlechtig-keit von Mithäftlingen, die Kleinlichkeit von Richtern und Psychia-tern, die gemeinen Schimpfwörter von Aufsehern gelernt hat – das verschweigen sie alle, diese Hüter des Gesetzes ...

Es gibt sowohl unter den kleinen Gelegenheitsdiebinnen als auch unter den ganz großen Berufsverbrecherinnen wahrhaft gütige Menschen, Leute, auf deren Wort man bauen kann, die Treue und Freundschaft vielleicht besser halten als mancher Spießbürger. (*Spitze gegen Stülpnagel?*) ... So fand ich in den Weiberzellen des Lan-desgerichtes gerade unter den ›schwersten Nummern‹ Frauen von genialen Fähigkeiten (!), von sittlichem Werte, Frauen, um die ich hätte weinen mögen (*offenbar sie selbst*), daß ihnen kein besseres Los beschieden war als der Kerker, Frauen, die von einem vernünftigen Psychiater – der anscheinend noch nicht geboren wurde sicherlich gerettet worden wären.«

Die Gesche Gottfried schreibt: »O wie leicht irrt man in der Beur-teilung des menschlichen Herzens! Wie empfindlich der Schmerz ist, von anderen verkannt zu sein und sich bei bestem Willen hä-misch beurteilt zu sehen, davon hat wohl keiner mehr Ursache als ich ... So unedel, wie sie mich schildern, bin ich nicht, bloß unglück-lich. Wer hat mehr Tränen der Verzweiflung geweint als ich – und lebe dennoch ... Können Sie mir eine unedle Handlung beweisen? Eine unglückliche Ehe war mein Los, aber Vertrauen zum lieben Gott ließ mich alles ertragen.« Es handelt sich bei diesen Briefstellen der dreißigfachen Giftmörderin um Briefe an einen Mann, dem die Gottfried stets »als Frau von hohem Ehrgefühl und edlem Stolz« erschienen war, und der, als die Giftmorde ans Tageslicht gekom-men waren, mit der Veröffentlichung ihres Verhaltens in der Schuldsache gedroht hatte. Der Größenwahn der Giftmörderin geht aus den Briefen deutlich hervor.

Und doch, Vukobrankovics hat nicht nur ein sehr feines Gefühl für die Unhumanität anderer, sie hat auch selbst Regungen von Menschlichkeit. Sie erzählt von einer tschechischen Gefangenen (auch hier mögen homosexuelle Motive mitspielen, aber das ändert nichts an dem ethischen Wert der Handlungen), die wegen politischer Gründe gefangen war. »Bozena war damals am Verhungern. Die ärarische Kost war unzureichend. Zu kaufen bekam man im Gefängnis nur Wein und schwarzen Kaffee. (Es war gegen Ende des Krieges, und in Österreich herrschte Hungersnot.) Manchmal erhielt Bozena Pakete von ihren Angehörigen aus Böhmen. Diese ließ man eine Zeitlang liegen, bis sie in der Kanzlei verdarben. So hatte Bozena nie satt zu essen, und meine erste Sorge war, sie ›aufzufüttern‹. Freilich ging dies nur ein ganz klein wenig, denn ich mußte von meinen Paketen auch an Sascha etwas abgeben, die ebenfalls wenig von daheim erhielt. Und ich bekam von meiner guten Mutter nur Pakete für mich, also nur für eine Person. Die Zeiten ließen sich schlecht an, man bekam selbst für Geld nichts zu kaufen, und ich hatte nicht das Herz, meine Mutter um größere Sendungen zu bitten. Was für eine Person bestimmt war, mußte für zwei reichen. Bozena sah zwar nach einiger Zeit ein ganz klein wenig besser aus, aber ich fürchtete doch, sie würde die Haft nicht mehr lange ertragen. Da schwor ich ihr zu helfen. Bozena war älter als ich, aber ich war energischer« (eben der *Mann* in der homosexuellen Bindung). »Verhandlung um jeden Preis: war die Parole ... Ich ließ kleinliche Erwägungen beiseite, schüttelte die Angst ab und handelte. Der Streich gelang. Bozenas Freund intervenierte bei einem Abgeordneten. Ich triumphierte, Bozena bekam durch mich ihre Verhandlung.«

»Im übrigen betone ich nochmals«, sagt sie aber am Ende eines Kapitels, »daß weder Sensationslust, noch Rachegier, noch sonst ein unlauteres Motiv mich bestimmt, diese Dinge aufzuzeigen, sondern einzig und allein der aufrichtige Wunsch, den Ärmsten der Armen zu helfen.«

Zusammenfassung

Es gelingt zwar durch die genaueste Berücksichtigung aller Dokumente, sich annähernd ein Bild von der Seele der Vukobrankovics zu machen; allerdings nur bis zu dem Grade, daß man auch dann nicht positiv ihre Zukunft vor sich hat, was immer noch der einzig sichere Beweis dafür bleibt, daß man einen Menschen durchschaut und innerlich erkannt hat, aber man kann so viel zusammenfassend über die Vukobrankovics sagen. Ob Giftmischerei ein Verbrechen ist oder ein Trieb, das bleibt vorläufig offen, sicher ist nur, daß die Vukobrankovics eine Giftmischerin war und daß sie alle typischen Züge der *großen* Giftmörderinnen trägt. Sie hat wohl kein einziges Todesopfer. Aber das beweist für die teuflische Absicht kaum etwas. Sie verwahrt sich oft genug dagegen, sie wiederholt immer, sie hätte nur eine leichte körperliche Beschädigung, nie aber einen Mord gewollt. Aber was sonst soll der große Phosphorgiftklumpen in der Pillenschachtel der Frau Piffl bedeuten? Sie verwahrt sich auch sehr bezeichnenderweise nicht in der Form, daß sie sagt, ich bin unschuldig, man kann mir eine solche Tat vernünftigerweise nicht zutrauen. Sondern sie geht von der Überzeugung aus: Alles ist möglich, warum nicht auch Gift von meiner Hand. Alles ist denkbar, auch daß ich gewollt habe, was geschah, nur will ich wissen, welches Motiv mich dabei hätte leiten sollen. Welchen »vernünftigen Grund« sie gehabt habe, wird sie nicht müde, den Richtern und Geschworenen als Problem vorzuwerfen, welche Logik hätte sie denn dazu veranlassen sollen, sich einer großen Gefahr auszusetzen, ohne auch eine große Kompensation erwarten zu können. Fürstin wäre ich doch nicht geworden, sagt sie und gibt mit diesen schaurig kalten Worten einen Teil ihrer innersten Geheimnisse preis, nämlich ihr Grundprinzip, so in Gift zu denken, so im Giftkomplex befangen zu sein wie ein Spieler in seinen Schachkombinationen, ein Kaufmann in seinen Bilanzen und Abschlüssen, ein Feldherr in seinen Plänen und strategischen Entwürfen. Das »Menschenmaterial« sagt ja an sich dem Feldherrn auch nichts Besonderes, er benützt es, um sich selbst und sein Genie zu Ende zu leben, persönlich tritt er nun weder in Güte noch in Haß entgegen, deshalb nennt er es ja Material und hütet sich, ihm nahe zu kommen, denn er könnte es, da er nur in dem Komplex denkt, der für den Einzelnen keinen Platz hat, nie gerecht behandeln, nie würdigen. Daher ihre Fühllosigkeit und Kälte, die an sich nicht Ausdruck der Bosheit sein müßte. Für die Würde, ja auch nur für die Existenzberechtigung des anderen hat dieser Mensch so wenig ein Gefühl wie die Vukobrankovics. Wohl aber behält sie ihr Gefühl für die eigene Würde, und das um so mehr, als sie sich und ihre Giftmanie in gewissem Sinne heroisch durchführt. Man kann das bei ihr sehr genau verfolgen. Man hört es nie von ihr und sieht es nie in den Akten, daß sie schwankt, daß sie in ihrer Tat, in ihrer paradoxen Zielstrebigkeit unsicher würde. Alles schwankt, alles bleibt unklar und verworren, nur nicht das Gift und dessen Wirkung. Und daß sie der Giftkomplex schändet, wird dieser Mensch nie verstehen. Denn wie wäre sonst ihre Rückfälligkeit zu deuten? Semper in idem, ist ihr heroischer Spruch. Sie kommt völlig ausgestoßen aus der Gesellschaft, verelendet; und abgehärmt aus dem ersten Gefängnis. Aber kaum hat sie Brot, Beruf, Gesellschaft und Wirkungskreis, da vergiftet sie wieder von neuem.

Sie trägt einen weißen Anstandsunterrock und empfindet es als besonders qualvoll, daß sie sich unter den Augen des schnüffelnden Sicherheitswachmannes im Gefängnis auskleiden soll. Das mag ein Zeichen ihrer »Menschenwürde« sein, und doch fehlt ihr völlig jedes echte Schamgefühl, und bewiese sie dieses Fehlen nicht durch den Gebrauch der scheußlichsten, unqualifizierbarsten Schimpfworte, so dann doch dadurch, daß sie stets von ihrer Ehre und von ihrem Schamgefühl spricht und es eben dadurch prostituiert. »Es geht doch nicht um *Ihre* Schamhaftigkeit«, herrscht sie den Vorsitzenden des zweiten Prozesses an und erzielt dann, was sie will.

Ihre Tücke, ihre Teufelei zeigen sich am deutlichsten im Verkehr mit Halbfremden. Sie scheint da einem Ressentiment nachzugeben, dessen innerste Wurzel so leicht nicht zu finden ist. Die Verleumdung des Stiefsohnes der Eheleute Piffl, von dem sie wußte, daß er die furchtbarste Kindheit hinter sich hatte und ganz auf die Ungnade oder Gnade der Stiefeltern angewiesen war, ist da das sicherste Zeugnis. Das kann man nicht durch »Triebe« entschuldigen, es ist böser Wille und böses Herz. Eine Notwendigkeit zu dieser Verleumdung lag durchaus nicht vor, sie mußte ihr zum Verhängnis werden. Man hatte wegen der unaufgeklärten Giftfunde auch die Köchin beschuldigt. Man hatte bei dieser nichts gefunden. Die Sache war im Abklingen, man hätte sich, besonders in den furchtbaren Zeiten zu Ende des Weltkrieges, dabei beruhigt, hätte die Vukobrankovics nicht von selbst darauf hingewiesen, um die Sache ja nicht in Vergessenheit kommen zu lassen. Wir finden bei einer ungleich größeren Giftmörderin, der Gesche Gottfried, von der hier schon öfter die Rede war, unter den vielen Taten eine, die ihr selbst am nächsten ging, nämlich die Vergiftung ihrer treuen Freundin und Dienerin Beta. Und nicht der Tod der armen Frau liegt ihr besonders am Herzen und macht ihr Gewissensbisse, sondern der Umstand, sie habe zwei Menschen getrennt, die einander sehr nahe standen und die für sie, die Giftmörderin, alles hergegeben haben würden. Ich lasse den kurzen Bericht darüber folgen:

»Ihre treue (Dienerin) Beta Cornelius hatte während der Abwesenheit ihres Mannes 50 Taler von diesem erhalten, die für die Kosten ihrer bevorstehenden Entbindung bestimmt waren. Die Gottfried brauchte das Geld. Die Wöchnerin mußte die letzte Mäusebutter (Arsenikbutter), welche die Gottfried noch vorrätig hatte, verzehren, aber Betas gesunde Natur widerstand lange. Nun gebar sie einen Knaben. Nun mußte die Todkranke ihre dreijährige Tochter vor sich sterben sehen, da das Kind von einer vergifteten Kirschensuppe zu essen bekommen hatte. Neue Mäusebutter, welche die Gottfried sich schnell zu verschaffen gewußt, vollendete schließlich die Zerstörung des kräftigen Körpers ihrer Beta.« Kein Todesfall schien sie später in gleicher Weise zu bedrücken als dieser und der ihres Sohnes Heinrich. »Ach, ich bekenne«, schrieb sie, »zwei Menschen getrennt zu haben, die sehr glücklich waren und die beide ihr Leben für mich würden hergegeben haben.« Man braucht für diese Handlungen nur eben die versuchte Trennung des Stiefsohnes Piffl von seinen Zieheltern, ferner die versuchte Aufhetzung des Kardinals Piffl gegen seine Schwägerin und gegen seinen Bruder zu setzen. Und später ganz ähnlich: der Versuch, die Ehefrau Stülpnagel und besonders die zwei Söhne von dem Vater zu trennen, der an ihnen so sehr hing, daß die Giftmischerin sich doch hätte sagen müssen, wenn sie stürben, würde das nur ein Hindernis mehr sein für die Verehelichung mit dem Vater. Aber so sinnlos ist alles aufgebaut, daß sich die Vukobrankovics einfach mit den Worten hilft: die Knaben sind jung und stark, sie werden es leichter überstehen. So groß ist der Zynismus, daß sie über den Zucker den Witz macht:

Würfelzucker fräßen die Buben, allerdings ersparte sie ihnen auch nicht, den Staubzucker zu schlucken, dem das Bleiweiß beigemischt war.

Über die Wahl des Giftes war die Vukobrankovics offenbar durch die Lektüre verschiedener Schriften informiert. Es scheint auch, daß ihr das träge, lymphatisch wirkende Gift Bleiweiß sympathisch war, daß es ihrer eigenen, nur scheinbar lebensvollen Natur angemessen schien. Hierzu kommt noch eins: Gerade träge, innerlich sumpfartige verrottete Naturen sehnen sich oft nach starken Impressionen, nach Nervenkitzel und Abenteuer. Daß dies bei der Vukobrankovics mitgewirkt hat, ist möglich. Entscheidend aber nicht.

Verfolgt man die Prozeßakten der Gesche Gottfried, so findet man mehr als einen Punkt, der, allen Abstand zwischen diesen beiden Frauen vorausgesetzt, wie er durch das Milieu, die Abstammung und das Alter bedingt war, diesen Frauen gemeinsam ist, es bildet sich sogar ein typischer Komplex heraus, und die Analogie verschiedener Äußerungen geht fast bis zur wörtlichen Wiederholung. Bevor wir darauf näher eingehen, sei zuerst der sogenannten Hysterie gedacht, die man mit der Vukobrankovics in Zusammenhang gebracht hat. Wirkliche Symptome der großen Hysterie fehlen freilich bei ihr, und Zeichen der kleinen Hysterie wird man bei keiner Frau ihrer Kreise ganz vermissen. Die Theorien Freuds, die vor allem auf die Hysterie sich beziehen, versagen also, von einer »Verdrängung« kann keine Rede sein, und daß die Wiener Schule, die im ganzen doch als Nachfolge Freuds anzusehen ist, diesen Fall nicht psychoanalytisch aufzulösen vermocht hat, beweist wohl, daß er einer solchen Beurteilung die größten Schwierigkeiten entgegensetzt. Charakteristisch für die Hysteriedeutung Freuds bleibt immer das System, das sich der Kranke oder das sich im Kranken aufbaut, die strenge, fast ästhetisch schöne Methode, mit der dieser stille Wahnsinn sich die Welt umgestaltet. Von solch einer durchgeführten Methode findet man bei der Vukobrankovics so wenig Sicheres wie bei der Gottfried.

Ganz ergebnislos ist die Untersuchung allerdings auch nach dieser Richtung nicht. Ich erinnere vor allem an die zynische Äußerung der Vukobrankovics, daß das Bleiweiß die sexuelle Erregung, wenn auch nur auf kurze Zeit, steigere, es wäre also denkbar, daß die

Vukobrankovics im Unterbewußtsein mit dem Gift als Aphrodysiakum operiert hat. Aber zwingend ist dies durchaus nicht. Es scheint überhaupt keine übermäßig starke erotische Triebsphäre bei ihr vorhanden gewesen sein, und sie bedurfte daher nicht des Giftes als Kompensation für entgangene Liebesfreuden. Es macht eher den Eindruck, daß die Vukobrankovics lesbisch veranlagt war, eine Erscheinung, die bei Lehrerinnen nicht ganz selten ist. Aber hier trennen sich die beiden Sphären oder Lebensbezirke: Gift und bürgerliches Leben, vollständig, und kein erotisches Erlebnis oder Sehnsuchtsgefühl vermag eine Brücke zwischen beiden herzustellen. Anders bei der Gottfried, die wohl auch einen starken bürgerlichen Komplex hatte, dabei auch einen starken Hunger nach Männerfleisch und eine Geldgier, die sich paradox mit verschwenderischer Wohltätigkeit paarte. Hier ist etwas, das an die Doppelseele der Vukobrankovics oder an ihr parzelliertes Bewußtsein erinnert. Die verschiedenen Interessen sind so von einander getrennt, widersprechen sich derart, daß manchmal ein geradezu erschütternd gespenstisches Lachen Zeichen dieser gräßlichen Entzweiung in einem gibt. Die Gottfried unternahm als ersten Giftmord die Tötung ihrer Mutter, obwohl diese mit abgöttischer Liebe, nicht anders als die Mutter der Vukobrankovics, an der Tochter hing. Sie rührte der Alten Arsenik in ein Glas Limonade, das Lieblingsgetränk der Alten. Die Verbrecherin bekannte später:»Denken Sie, wahrend ich das Gift hereinmachte, gibt mir der liebe Gott ein herzliches, lautes Lachen, daß ich erst selbst erschrak. Aber gleich besann ich mich: dies hätte der liebe Gott gefügt, zum Beweise, daß Mutter nun bald so im Himmel lachen werde.

Die Veranlagung der Gottfried scheint aber im Grunde ähnlich wie die der Vukobrankovics eine lymphatische, temperamentlose gewesen zu sein. Man gab an, von früh auf hätte etwas Ätherisches über ihrem Wesen gelegen. Von der Vukobrankovics sagt ihr Verteidiger, wie man annehmen muß, guten Glaubens, sie sei eine feingestimmte Seele. Gemeinsam ist beiden eine gewisse abergläubische Neigung, die sich daraus erklärt, wie schon ein zeitgenössischer Beurteiler feststellt, daß sie, die Gottfried, in selbsttrügerischer Weise vom Schicksal einen Wink erhalten wollte, um zum Werk veranlaßt zu werden. Sie wendete sich ebenso wie die Vukobrankovics an Kartenleserinnen und erhielt Auskünfte wie: die ganze Familie würde aussterben, sie allein würde übrigbleiben und dann ein sehr gutes Leben führen.

Ganz ähnlich wie bei der Vukobrankovics die große Rolle die Wahrsagerinnen bei ihren Taten spielten. Gemeinsam ist beiden Frauen auch der Hang zu ernster Lektüre: bei der Gottfried sind es religiöse Erbauungsbücher, Dräsekes Predigten und das Liederbuch, die ihr nicht bloß zum oberflächlichen Durchblättern dienen, sondern in Fleisch und Blut übergegangen sind, wie ihr Briefstil beweist, bei der Vukobrankovics sind es Schopenhauer, Goethes Faust, Nietzsche und Lieglers Buch über Karl Kraus.

Sind in einer Seele so divergente Triebe und Wesenheiten aneinandergekettet, so läßt es sich verstehen, daß solch eine Frau seelisch sich nicht leicht ergibt, daß sie nur zu gern einen Teil ihres Wesens gegen den anderen ausspielen möchte, und daß sie das Gute oder wertvoll Scheinende, das Humane und Menschenfreundliche unter allen Umständen gegen das Teuflische in Erscheinung zu bringen trachtet. Sie sucht sich ihre Güte, ihre Nichtteufelei selbst zu beweisen, spielt mit allem, weil sie die Konsequenz ihrer innersten Natur zu ertragen nicht stark genug ist. Wer wäre so stark? Mutter-, Vatermord, Bruder-, Kindermord – Diebstahl, Unterschlagung, Abtreibung, wer sieht sich selbst ohne Schaudern? Das geht bei der Gottfried so weit, daß sie Menschen unter den fürchterlichsten Martern in den Tod schickt, um wohltätige Werke verrichten zu können. Offen bekennen kann solch ein Mensch nicht, und es ist vielleicht ungerecht, ihm das allzu lange Zögern bei der Beichte als erschwerend auszulegen, wie es das Gericht beim zweiten Prozeß Vukobrankovics getan hat. Auch die Gottfried hat nur langsam bekannt, sie gestand nicht mit einem Male, es war ein fortgesetztes, zweijähriges Bekennen, und auch durch dieses Bekennen zog sich fortgesetztes, neues Ableugnen, »sie machte immer wieder Versuche, mit sich schön zu tun und das Mitleid und Interesse zu erwecken. In keinem der Fälle dieser Art, wie denn auch in dem Fall Brinvilliers, hat man die Motive ganz aufklären können. Bei der Vukobrankovics ist als erschwerender Umstand für eine reine Deutung eine maskenhafte, äußerlich ästhetisch orientierte Als sie zum zweiten Male vor dem Untersuchungsrichter steht, bewundert sie dessen schöne Hände, möchte sie modellieren, nur ein verkrümmtes Fingerglied an seiner Hand stört sie bei ihrem Anschmachten.

Banalität und ein starres, fast stupides Verharren auf dem dürftigsten Geständnis, das sie wie ein Almosen dem Richter zubilligt. Auch die Brinvilliers hat alles geleugnet, überhaupt nur stereotyp erstarrte Antworten gegeben. Wichtig ist aber sicher zweierlei: der Mangel am Gedächtnis als positives Kennzeichen des Giftkomplexes und das Fehlen wahrer starker Affekte als negatives Kennzeichen; vor und nach der Tat können starke Affekte einsetzen, aber die Tat muß kalten Herzens angefaßt worden sein, daran ändern die wiederholten Motivierungen der Vukobrankovics von ihrer grenzenlosen Verzweiflung nichts.

Über den Mangel an Gedächtnis hat die Mutter der Vukobrankovics gelegentlich der italienischen Reise sehr bezeichnende Angaben gemacht. Handelt es sich hier um epileptoide Erscheinungen, um Absenzen oder um ein Phänomen, das Proust »Intermittences du cœur« nennt?

Von der Gottfried hören wir, daß die Napoleonische Zeit, das größte weltgeschichtliche Ereignis Europas, spurlos an ihr vorüberging, denn als man sie im Gefängnis danach fragte, was das einzige, dessen sie sich erinnerte, ihre Freude, als ihr die Einquartierungskommission ein paar Taler zurückerstattet hatte. Ihre Verbrechen haben auch nicht in ihr selbst stark nachgewirkt. Wohl lebte sie sie sehr intensiv mit, während sie sie beging, nachher ließ sie sie fallen, tat, als ob nichts gewesen wäre, ganz wie die Vukobrankovics. Ihre Seelenruhe war erstaunlich. Wenigstens bei Tage. Nachts scheinen doch Träume und Gesichte über sie gekommen zu sein. Aber ihre Seele war nie so aufgerührt, daß sie gebetet, daß sie innerlich zusammengebrochen wäre. Und dieselbe Seelenruhe gibt der Vukobrankovics die Kraft, selbstbewußt und frech aufzutreten und Richter, Publikum und die Geschworenen zu bluffen. »Mir war gar nicht schlimm bei dem Vergiften zumute,« schreibt die Gottfried. »Ich konnte das Gift ohne die mindesten Gewissensbisse und mit völliger Seelenruhe geben. Es war mir, als wenn eine Stimme zu mir sagte, ich müsse es tun. Ich hatte gewissermaßen Wohlgefallen daran. Man schaudert doch sonst vor dem Bösen, allein das war bei mir nicht der Fall. Ich konnte mit Lust Böses tun.« Eine ganz gleichlautende Äußerung habe ich anfangs von dem Giftmörder Georg C. zitiert. Diese hemmungslose Freude am Gift, an der Wirksamkeit der weißen Körner und Pulver ging so weit, daß die Gottfried, um einen zeitgenössischen Ausdruck zu gebrauchen, »ihr Gift verspritzte wie eine Rasende, die mit ihrem Vorrat an Kraft zu Ende kommen will«. Es handelt sich also zweifelsohne um einen Trieb, das glaubte auch die Mutter der Vukobrankovics, die doch über die möglichen Beweggründe der Vukobrankovics sehr nachgedacht haben muß. Die Gottfried sagte von sich: »Zuweilen war ich monatelang vom Trieb frei, dann aber kam wieder eine Periode, wo ich mit dem Gedanken aufwachte, wenn der oder die kommen sollte, so solltest du ihm etwas geben.« Über die verschiedene Behandlung der aus Trieb Gemordeten habe ich schon berichtet.

Und doch keine Dämonie, weder hier noch dort. Ich habe das bei der Vukobrankovics schon ausgeführt, über die Gottfried gab ein Berichterstatter folgende Analyse: »Es war nicht so, daß ein Unentrinnbares, daß dunkle, dämonische Mächte ihre Lebensbahn bestimmten. Und was diese Frau so grauenhaft macht, daß ist gerade dieser Mangel an allem Dämonischen, ist das Fehlen jener großen, das ganze Sein vergewaltigenden Leidenschaft, die über Leichen zum Ziele treibt. Denn auch an den ersten Mordtaten ist kaum etwas von Leidenschaft zu spüren.« Hier ist auch der große Kontrast zur Lady Macbeth: Hier ist alles Blut, alles Zweck, alles Geist und daher alles Dämonie bis zum Wahnsinn.

Wie wäre es denn auch sonst möglich, daß beide Frauen ihren Platz in der bürgerlichen Gesellschaft mit gutem Gelingen ausgefüllt haben? Daß die Gottfried wie die Vukobrankovics sich in ihrem Kreise wohl gefühlt haben, anderes im Grunde nicht verlangten? Eine Fürstin zu werden lag der Vukobrankovics ja ganz fern, überhaupt kam ihr nie der Gedanke, aus ihrem Kreis herauszutreten; sie überhob sich nie, demütigte sich aber ebensowenig. Selbst wenn man von ihrer Frechheit im Gerichtssaal absieht, die zum Teil Unsicherheit ist, merkt man nie den Wunsch, sich zu erniedrigen, gegen sich selbst zu wüten, wie es die Verbrecher in Dostojewskis »Memoiren aus dem Totenhause« tun.

Es sind gute Bürgernaturen, in denen der Giftkomplex wuchert, und die kleinen, begreiflichen Eitelkeiten, die sich bei der einen als »guter Ruf«, bei der anderen als »weibliche Ehre und Schamhaftigkeit« darstellen, sind so echt wie bei jeder anderen kleinen Bürgerfrau auch. Die Vukobrankovics häkelt in der Zelle weibliche

Handarbeiten für die Gefängniswärterin, sie leidet unter dem schmutzigen Laken, es tut ihr weh, daß die Röcke schlottern, weil die Bänder abgerissen sind, sie betont ausdrücklich, ihr Hut sei kaputt, als sie ihn zurückbekommt, die Sachen sind nicht mehr zu gebrauchen, und niemand kommt für den Schaden auf. Ihre weibliche Eitelkeit verläßt sie nie, weder körperlich noch geistig, und damit auch nie ihr menschliches Gleichgewicht. Auch die Gottfried hat ihrer Eitelkeit, wie berichtet wird, noch im Gefängnis soweit möglich Rechnung getragen. So schätzte sie es als größte Humanität, daß man es ihr vergönnt hatte (wieder diese große Milde und Güte gegen die dreißigfache Mörderin!), statt der gewöhnlichen Gefängniskleidung ihren seidenen »Schlumper« zu tragen, den sie auch trotz aller Flicken während all der Jahre der Gefangenschaft beibehielt. Sie schlief ohne Laken, um dieses des Morgens sauber über ihr Bett zu breiten, für den Fall, daß Besuch käme. Auch die Vukobrankovics will sich ihre Zelle möglichst behaglich ausstatten. Freilich wird man wenig dankbare Worte von ihr hören, wie sie die Gottfried ausspricht, obgleich auch sie in vielem besonderer Rücksicht sich erfreuen durfte.

Dieses dankbare Gefühl der Gottfried ist aber auch nicht tiefer gegründet als die humanen Anwandlungen der Vukobrankovics im Gefängnis. Im Grund sind beide und alle ihrer Art unsozial oder asozial.

Sie ist und bleibt der Mittelpunkt der ganzen Welt für sich, sie will herrschen, wirken, selbst im Gefängnis. Den Hungerstreik, den die Vukobrankovics im Gefängnisse inszenierte, hat ihr die Gottfried bereits vorgemacht. »Man fürchtete(!) einen Selbstmord«, wird berichtet, »und stellte die Gottfried unter die dauernde Bewachung von fünf Frauen. Da versuchte sie, durch den Hungertod dem Schaffot zu entgehen. Vergebens stellte ihr der Pastor vor, daß sich dieser Vorsatz nicht mit ihrer angeblichen Religiosität vereinbaren lasse. Aber die Natur half sich selbst (ganz wie bei der Vukobrankovics). Wenn der Hunger aufs höchste gestiegen war, verlangte sie doch etwas Fleischbrühe und Apfelmus. Die fünf Frauen erzählten, in der letzten Zeit sei die Gottfried sichtlich immer galliger, häßlicher, unartiger geworden. Sie betete nie und beklagte nie ihre Sünden. Die heuchlerisch-demütige Kreatur wurde nun frech gegen die Beamten und Richter und behauptete, die Bewachung habe ihr ein

Gallenfieber zugezogen. »Es fehle nur noch, daß man sie auch noch fessele.« Dies alles genau wie bei der Vukobrankovics. Ebenso ihre Aufmerksamkeit für das Gefängnisleben, das sie mehr interessiert als ihr eigenes Leben; die Gottfried hatte das feinste Ohr für alles, was im Gefängnis vorfiel, sie horchte an den Mauern, kannte die Gefangenensprache, interessierte sich aufs lebhafteste für die anderen Gefangenen. Zu diesen haargenauen Analogien tritt bei der Gottfried auch noch die den Giftmördern eigentümliche Bezauberung und Begütigung, die immer neue Opfer an die furchtbare Frau heranlockten. Die Gottfried war dürr wie Haut und Bein, nur dreizehn übereinandergezogene Korsetts gaben ihr den Schein der Fülle, trotzdem galt sie als schöne, bezaubernde, wunderbare Frau. Nicht anders wie die Vukobrankovics, bei der nur der einzig objektive Gerichtsarzt wirklich gesehen hat, daß sie eine Rückgratverkrümmung hat.

Man darf vielleicht aus der großen Ähnlichkeit dieser Fälle den Schluß ziehen, daß es sich um einen eigenartigen Komplex handelt. Die Erscheinungen gleichen sich zu sehr. Zwei Fragen wären zu beantworten, eine theoretische und eine praktische.

Theoretisch: Sind Menschen mit diesem Giftkomplex geistig gesund und für ihre Handlungen kriminalistisch haftbar zu machen oder nicht?

Praktisch: Was soll mit solchen Menschen geschehen, kann man ihre Taten verhüten, kann man die Gesellschaft und sie selbst vor sich selbst schützen?

Auf die erste Frage würde ich, nach meinem persönlichen Ermessen, antworten, daß solche Menschen Grenzfälle darstellen, daß sie aber meiner Ansicht nach nicht »unter den Paragraphen« fallen. Sie gehören auch nicht vor das Gericht.

Damit beantwortet sich die zweite Frage: Da es sich um einen Trieb handelt, der meiner Ansicht nach mit dem Feueranlegetrieb und mit dem unwiderstehlichen Wandertrieb Ähnlichkeit hat, ist eine Besserung nicht zu erwarten, man kann auch derartige Taten nicht vorher verhüten, da das Gewebe zu dicht ist, als daß man den giftigen Faden rechtzeitig erkennen könnte. Ist man aber einem solchen Menschen auf die Spur gekommen, und dazu wird es nicht immer einer so großen Anzahl solcher Giftversuche bedürfen, wenn der Psychiater, der Arzt überhaupt und das Publikum von der Existenz solcher Anomalien unterrichtet sind, dann gehört ein solcher Mensch in lebenslängliche Absperrung, es müssen Abteilungen für diese und ähnliche Menschen, etwa wie für die mit »moral insanity« behafteten, den Irrenanstalten angeschlossen werden, dort sollen diese Menschen nicht etwa in Zellen festgehalten werden, sondern man muß versuchen, sie dort ihrem geistigen Niveau entsprechend zu beschäftigen, eine Aufgabe, die nicht über die Grenzen des tatsächlich Möglichen geht.

Über tredition

Eigenes Buch veröffentlichen

tredition wurde 2006 in Hamburg gegründet und hat seither mehrere tausend Buchtitel veröffentlicht. Autoren veröffentlichen in wenigen leichten Schritten gedruckte Bücher, e-Books und audio-Books. tredition hat das Ziel, die beste und fairste Veröffentlichungsmöglichkeit für Autoren zu bieten.

tredition wurde mit der Erkenntnis gegründet, dass nur etwa jedes 200. bei Verlagen eingereichte Manuskript veröffentlicht wird. Dabei hat jedes Buch seinen Markt, also seine Leser. tredition sorgt dafür, dass für jedes Buch die Leserschaft auch erreicht wird.

Im einzigartigen Literatur-Netzwerk von tredition bieten zahlreiche Literatur-Partner (das sind Lektoren, Übersetzer, Hörbuchsprecher und Illustratoren) ihre Dienstleistung an, um Manuskripte zu verbessern oder die Vielfalt zu erhöhen. Autoren vereinbaren direkt mit den Literatur-Partnern die Konditionen ihrer Zusammenarbeit und partizipieren gemeinsam am Erfolg des Buches.

Das gesamte Verlagsprogramm von tredition ist bei allen stationären Buchhandlungen und Online-Buchhändlern wie z. B. Amazon erhältlich. e-Books stehen bei den führenden Online-Portalen (z. B. iBookstore von Apple oder Kindle von Amazon) zum Verkauf.

Einfach leicht ein Buch veröffentlichen: **www.tredition.de**

Eigene Buchreihe oder eigenen Verlag gründen

Seit 2009 bietet tredition sein Verlagskonzept auch als sogenanntes "White-Label" an. Das bedeutet, dass andere Unternehmen, Institutionen und Personen risikofrei und unkompliziert selbst zum Herausgeber von Büchern und Buchreihen unter eigener Marke werden können. tredition übernimmt dabei das komplette Herstellungs- und Distributionsrisiko.

Zahlreiche Zeitschriften-, Zeitungs- und Buchverlage, Universitäten, Forschungseinrichtungen u.v.m. nutzen diese Dienstleistung von tredition, um unter eigener Marke ohne Risiko Bücher zu verlegen.

Alle Informationen im Internet: **www.tredition.de/fuer-verlage**

tredition wurde mit mehreren Innovationspreisen ausgezeichnet, u. a. mit dem Webfuture Award und dem Innovationspreis der Buch Digitale.

tredition ist Mitglied im Börsenverein des Deutschen Buchhandels.

Dieses Werk elektronisch lesen

Dieses Werk ist Teil der Gutenberg-DE Edition DVD. Diese enthält das komplette Archiv des Projekt Gutenberg-DE. Die DVD ist im Internet erhältlich auf **http://gutenbergshop.abc.de**